中国古典诗词精品赏读

岑参

张学君 编著

五洲传播出版社

图书在版编目（CIP）数据

中国古典诗词精品赏读丛书. 岑参 / 张学君著. --北京：五洲传播出版社, 2023.1

ISBN 978-7-5085-4975-0

Ⅰ. ①中… Ⅱ. ①张… Ⅲ. ①岑参（714-770）－唐诗－诗歌欣赏 Ⅳ. ①I207.2

中国版本图书馆CIP数据核字(2022)第229108号

编　　著：张学君
后　　记：李　冰
图片编审：迟乃义
责任编辑：王　峰
装帧设计：田　林

中国古典诗词精品赏读丛书

岑参

出版发行：五洲传播出版社
地　　址：北京市海淀区北三环中路 31 号生产力大楼 B 座 6 层
邮　　编：100088
发行电话：010-82005927　010-82007837
网　　址：http://www.cicc.org.cn　http://www.thatsbooks.com
制　　作：北京原色印象文化艺术中心
印　　刷：北京市房山腾龙印刷厂
版　　次：2023 年 1 月第 1 版第 1 次印刷
开　　本：720 × 965 mm　1/16
印　　张：8
字　　数：52 千字
定　　价：56.00 元

编者的话

中国在历史上是一个“诗歌的国度”，古典诗词是中国传统文化的奇葩。早在三千年前，我们的祖先就创作出了以“诗三百”为代表的优秀诗篇。此后每个历史年代，诗歌创作都结出丰硕的成果，其中不少名篇名句脍炙人口，传诵至今。“中国古典诗词精品赏读”书系选取了历史上最具代表性的诗人、词人的优秀作品，并加以详尽通俗的译注、评解，试图将古代中国人创造的最可珍贵的文化瑰宝介绍给当代海内外读者。

以“国风”为代表的《诗经》和以《离骚》为代表的楚辞，无论是在思想内容上还是在艺术手法上，都对中国后世诗坛产生了深远影响。中国诗歌至唐代而达到高峰，呈现出后人所称誉的“盛唐气象”和“少年精神”。而从李白、杜甫等诗人身上，从他们留下的诗歌中，不难看出“风”“骚”以来优秀传统的回响。他们都有强烈的现实关怀，关注国家、社会、民众等问题；而这种主题，往往是诗人通过自己的人生境遇和心灵历程去感悟，通过描绘自然界山川万物、人间世事民情来体现的。在唐诗的辉煌之后发展起来的宋代诗歌，成就也相当高，但最能表现宋代文学特殊成就的是词。宋代优秀的词家把这种长短句诗体运用到出神入化的地步，那或慷慨激昂、或委婉凄清的词作，今天读来仍有强烈的艺术感染力。可以说，唐诗宋词是中国文学史上最有神采的篇章。

中国古代诗歌注重抒情、写景，善于表现友情、亲情、爱情、乡情，以及其他复杂细微的个人情感。这形成中国诗歌又一个强大的传统。在儒家思想影响下，中国诗歌几乎从一开始就具有“发乎情，止乎礼义”的特点，情感的表达比较内敛含蓄，有别于西方的诗歌风格。与此同时，中国诗人们又强调“含不尽之意见于言外”，善于通过各种艺术手法传达言外之意，给读者以无穷的回味、想像空间。古代诗词中的优秀之作往往写得深情宛转，富于形象性和音乐性，诵读这些诗词，可以受到多层次的艺术感染和美的熏陶。古典诗词还善于表现自然之美及人与自然的融合。古人常说“诗中有画，画中有诗”，本书系中的每首作品，都配以当代画家根据诗词意境绘制的中国画，通过欣赏这些诗、画，可以更深刻地领悟到中国古代艺术作品中的诗情画意，品味其艺术之美。

除了“诗情画意”的特色外，本书系以各位诗人、词人单独成册，以更清楚地展示其不同的个性和艺术风格；各分册包括诗人、词人简介与作品赏析两部分。对每篇作品的赏析，又分为题解、句解、评解三个章节：题解交代创作背景；句解用现代语文对诗词进行逐句意译，对某些难懂的字词作注释；评解部分则提要钩玄，对作品特色进行点评。我们的本意，首先是帮助读者减少阅读中的文字障碍，继而是理解诗词的思想内容、艺术特色和写作技巧。

中国古代经典诗词把汉语升华到至美至纯的境界，足以使每个中国人感到自豪。这些作品是联接所有炎黄子孙思想、情感的文化纽带，无论身在国内，还是身在海外，优秀的诗歌对读者的感召力都是相通的。一个喜爱祖国传统文化的人，可能会不断地接触和学习祖先的这些遗产。久而久之，这些优秀文化中的一部分会积淀下来，构成每个人头脑中一道美丽的艺术长廊，不断给人以教益、激励和艺术享受。我们期望，本书系所介绍的诗词名篇能够成为这道艺术长廊的组成部分。

本书系介绍的诗人、词人，如唐代的李白、杜甫、王维、白居易、李商隐，宋代的苏轼、秦观、李清照、辛弃疾、陆游，还有东晋的陶渊明、五代的李煜、元代的萨都剌，等等，都是中国诗歌史上耀眼的星座。他们都各有很多传世名篇，限于篇幅，书中每人只选取了二三十首代表作品。由于我们水平有限，书中会有种种不尽如人意之处，敬请读者朋友提出宝贵意见。

目录

岑参简介

唐代是中国诗歌发展的繁荣时期，涌现出众多的诗人和大量的优秀作品，同时还形成了不同的诗歌流派。唐代最著名的两大诗歌流派是边塞诗派和山水田园诗派，岑参就是盛唐边塞诗派的代表作家之一，与高适齐名。

岑参（约715—769），祖籍南阳（今属河南），出身仕宦家庭。他的曾祖父、伯祖父、伯父都曾官至宰相，父亲也两任州刺史。但岑参幼年丧父，家道衰落，跟着兄长学习。他十五岁时，家庭移居嵩山少室，岑参在那里结有读书草堂。

从岑参早期的诗作中，可以看出他耽于山水、恬然自适的思想情绪。随着年龄增长，他的思想逐渐倾向于积极用世。从二十岁开始，他赴长安求仕，“二十献书阙下”，结果是“金尽裘敝，蹇而无成”（《感旧赋》）。此后十年间，他继续为求仕而多次奔走于洛阳和长安之间。因仕途失意，也时有避世隐居的想法，曾到河朔（泛指黄河以北）等地漫游，结识了一些僧人和隐士。这十年间，他在功业方面没有任何进展，但随着年龄和阅历的增加，在诗歌创作方面则取得了很大的成就，受到士林的推崇。

天宝三载(744)，岑参三十岁，在长安举进士第，结束了十年江湖奔波的生活。中第后，他被授予右内率府兵曹参军这样一个从八品的小官。对于企图重振世业并为之奔波了十年的诗人来说，这未免太令人失望了，他甚至怀疑为了这么一个微小的官职而牺牲山水田园之乐，是不是值得。他在《初授官题高冠草堂》一诗中感叹道：“三十始一命，宦情多欲阑……只缘五斗米，辜负一渔竿。”此后直到出塞前的四五年内，他一直未得升迁。

唐玄宗早年好大喜功，对外频频用兵。边将建功者往往得到升迁，随军的幕僚也随之荣显。当时有不少文人投笔从戎，希望到边庭去博取功名，杜甫、高适等都曾这样做。天宝八载（749），岑参也走上了这条道路，充安西四镇节度使高仙芝幕府掌书记。这是他初次出塞，意气昂扬。他在《初过陇山途中呈宇文判官》诗中满怀激情地写道：“万里奉王事，一身无所求。也知塞垣苦，岂为妻子谋！”不过在出塞两年多的时间里，他并没有施展抱负的机会。天宝十载（751），他又回到长安。次年秋，岑参与杜甫、高适等人同登慈恩寺塔，相互唱和，各自写下了著名的诗作。

天宝十三载（754），岑参被北庭节度使封常清辟为节度判官，第二次出塞。封常清是岑参第一次入幕时的同僚，所以二人关系很融洽，他有好几首脍炙人口的边塞诗就是献给封常清的，如《轮台歌奉送封大夫出师西征》、《走马川行奉送出师西征》等。他在《北庭西郊封大夫受降回军献上》中说：“何幸一书生，忽蒙国士知。侧身佐戎幕，敛衽事边陲。自随定远侯，亦著短后衣。近来能走马，不弱并州儿。”在北庭期间，岑参胸襟开朗，心情振奋，生活阅历更加丰富，视野也更加开阔。这个时期，他写下了许多气势磅礴、雄奇高亢、多彩烂漫的边塞诗，达到了个人诗歌创作的全盛时期。

唐肃宗至德二载（757）春，正值安史之乱，长安被乱兵攻占。当时肃宗在凤翔（今属陕西）。岑参从塞外东归，到凤翔肃宗行在所。经杜甫等人推荐，他被任命为右补阙，出任谏官。在谏官任上，岑参因正直敢言而受到权贵猜忌。这一年秋天，长安收复，岑参等人随肃宗回到长安。天下初定，岑参的心情比较愉快，唐肃宗乾元初年（758），他与贾至、王维、杜甫等人相互唱和早朝大明宫，是诗坛上的一段佳话。不过时间一长，岑参深感自己的济世抱负不能实现，心情有些苦闷，曾写诗向杜甫诉说。

乾元二年三月，岑参转任起居舍人；四月，出为虢州（今河南灵宝）长史。他在虢州任上的时间比较长，大约有两年多。此后岑参的仕途比较复杂。唐代宗宝应元年（762）春，改任太子中允，兼殿中侍御史、充关西节度判官。十月，雍王李适（即后来的唐德宗）与诸道节度使会师，进攻史朝义，岑参任掌书记。广德元年（763）正月入京，在御史台供职，秋天任祠部员外郎。广德二年改为考功员外郎，后又转为虞部郎中。永泰元年（765）春，改屯田郎中，寻转库部郎中，十一月出为嘉州（今四川乐山）刺史，因蜀中军阀作乱未能到任，至梁州而还。大历元年（766）二月，随剑南西川节度使杜鸿渐入蜀平叛，大历二年四月赴嘉州刺史任，次年七月秩满卸任，后来人们就称他为“岑嘉州”。岑参本来打算取道长江，顺流东归，但因战乱而未能成行。又改道由剑阁归京，寓居成都。大历四年（769）岁末，诗人客死于成都旅舍，终年五十五岁。

岑参的生平和诗歌创作大致可分为三个时期。第一个时期为玄宗天宝八载（749）第一次出塞以前。这个时期，岑参先是隐于嵩阳读书，二十岁之后，一心想重振家声，十年内为仕途奔走于京洛之间，广泛交游。为排遣失意之感，又漫游河朔，不时产生归隐田园的思想。岑参这时所写的诗歌，属早期作品，多为写景、述怀及赠答之作，交织着怀才不遇的感慨和流连山水的情思。

这个时期，岑参的山水诗描绘了异彩纷呈的自然风光，在写景上已达到了很高的造诣。风格清丽俊逸，颇近南朝何逊。如“寂寞清溪上，空余丹灶间”（《寻少室张山人》）、“片雨下南涧，孤峰出东原”（《缑山西峰草堂作》）等。岑参好奇的个性在这个时候已经表现出来，“语奇体峻，意亦造奇”（殷璠《河岳英灵集》）。他的写景诗喜欢摄取不寻常的奇观，如“山风吹空林，飒飒如有人”（《暮秋山行》）、“长风吹白茅，野火烧枯桑”（《至大梁却寄匡城主人》）。他又喜欢以奇语写巧思，如“涧花然（同‘燃’）暮雨，潭树暖春云”（《高冠谷口招郑鄠》），山涧中的花朵在暮雨中开放，色泽更显艳红，像是在燃烧；水潭边的树木被春日山间的云气所笼罩，给人温暖之感；这样描写，显得颇为新奇。

岑参生平和诗歌创作的第二个时期是从天宝八载（749）冬至肃宗至德二载（757）春，其间诗人曾两次出塞。这段时间虽然不算长，却是诗人人生发展和诗歌创作最重要的时期。在六年边塞生活中，他几乎走遍了大西北的每一个角落，写了七十多首反映西域从军生活的边塞诗，诗歌境界空前开阔，造意新奇的特色进一步发展，雄奇瑰丽的浪漫色彩成为他的主要风格。

岑参的边塞诗抒发了自己建功立业的雄心壮志，歌颂了唐军将士的爱国主义精神，记叙军旅生活的种种感受，描写了西北奇异壮丽的自然风光和生活风貌。在他描写第一次出塞的诗歌中，能够看到他建功与思家之间的矛盾，如广为传诵的《逢入京使》：“故园东望路漫漫，双袖龙钟泪不干。马上相逢无纸笔，凭君传语报平安。”以行云流水之笔，写出缠绵悱恻的思家之情，语虽淡，情却长。他更多的诗歌描写边疆火热的战斗生活，送给封常清的几首诗堪称诗史，记录了唐军在艰苦的自然环境里如何行军打仗并取得最后的胜利。如《走马川行奉送出师西征》，首先展示战地恶劣的自然环境，狂风怒吼，飞沙走石，天气奇寒。在这样的气候条件下，唐军顶风冒雪前进，“将军金甲夜不脱，半夜行军戈相拨，风头如刀面如割”，这几句把边塞天气的剧烈变化同声势浩大的行军场面融合起来，表现了唐军英勇无畏的战斗精神和必胜的信心，给人以深刻的印象，读之使人精神振奋。

元代辛文房所撰《唐才子传》中说，“（岑参）累佐戎幕，往来鞍马烽尘间十余载，极征行离别之情。城障塞堡，无不经行”。西北边疆奇异壮丽的自然风光和生活风貌，在岑参的诗中得到充分表现。在这些诗里，诗人倾注了自己热爱祖国、热爱边疆的深厚感情。岑参不是惟一亲历边幕戎旅的诗人，却是少有的用大量作品如实描绘西北边陲生活的诗人。他根据自己身历其境时的耳闻目睹、切身感受，把天山南北的自然景观如沙漠、风雪、苦寒以及火山、火云、热海等纳入诗的领域，给以如实的记录和生动的描绘。如《过碛》：“黄沙碛里客行迷，四望云天直下低。为言地尽天还尽，行到安西更向西。”诗人置身于从未经过的广大空间之内，觉得永远也走不到尽头了，这种生活体验，不是亲身经历，很难写得如此真切感人。《经火山》、《热海行送崔侍御还京》等也都是同类作品。

宋人许顗在《彦周诗话》中说：“岑参诗意自成一家，盖尝从封常清军，其记西域异事甚多……古今传记所不载也。”也就是说，岑参的一些边塞诗甚至可以补史家之不足，成为民族史研究的第一手资料。岑诗中确有不少关于西部民族风情的记载，并表现了边疆各民族之间的文化交流。当时西北边地居民胡汉杂处，胡人乐舞在汉人中极为盛行，所谓“座参殊俗语，乐杂异方声”（《奉陪封大夫宴》），对于好奇的岑参来说，这些都是非常新鲜的，成为他重要的诗歌素材。他有一首《田使君美人如莲花舞北旋歌》，对西域民族舞蹈之矫捷、明快、活泼、俊俏大为赞叹。更值得注意的是，他在诗中还反映了各族之间互相来往、共同娱乐的情景，如“军中置酒夜挝鼓，锦筵红烛月未午。花门将军善胡歌，叶河蕃王能汉语”（《与独孤渐道别长句兼呈严八侍御》），“九月天山风似刀，城南猎马缩寒毛。将军纵博场场胜，赌得单于貂鼠袍”（《赵将军歌》），等。这些诗歌是边地将领与当地民族首领之间交往的客观记录，它们让今天的读者知道，在当年的边塞，民族之间并不只是连年无休止的战争。

岑参的边塞诗具有豪迈悲壮的风格，雄奇瑰丽，俊爽峭拔。宋严羽《沧浪诗话》说："高岑之诗悲壮，读之使人感慨。"这首先是由诗人豪迈昂扬的个性决定的。诗人怀着建功立业的抱负，把艰苦的边关生活看成是对男儿意志的一个考验，恰恰是在这种恶劣的自然环境和征战生涯中，才能显示诗人大无畏的英雄气概。《轮台歌奉送封大夫出师西征》写道："虏塞兵气连云屯，战场白骨缠草根。剑河风急雪片阔，沙口石冻马蹄脱。"这样的辛苦自然非常人所能忍受，读之令人遍体生寒，诗人却能够在这样的情境之下表现出乐观无畏的精神："上将拥旄西出征，平明吹笛大军行。四边伐鼓雪海涌，三军大呼阴山动。"具有热情奔放、斗志昂扬的气势。

岑参诗歌好奇的个性色彩非常鲜明。岑参早期诗歌已显露出来的意奇、语奇的特点，在边塞诗中又有了进一步的发展变化。他的感受力和想像力非常发达，在别人看来荒凉单调的边塞生活，在他眼中则是丰富多彩。他用瑰丽的语言、新奇的表现手法，对奇异的大漠风光予以生动的艺术表现。他常常运用奇妙的想像和形象的比喻来描绘眼前的景物，从而制造出奇峭的表达效果，往往出人意表，却又极为生动传神。如"忽如一夜春风来，千树万树梨花开"（《白雪歌送武判官归京》），竟然把塞外的雪景比作"梨花开"，于塞外萧瑟寒冷的景象中，画出充满生机与活力、令人神往与陶醉的奇美景象。他也善于使用夸张的手法来强化读者的印象，使人产生神奇的感觉，如"轮台九月风夜吼，一川碎石大如斗，随风满地石乱走"，把边塞之风的猛烈形容到无以复加的地步，给人留下深刻的印象。

岑参的诗歌各种体裁均有佳制。他尤其擅长七言歌行的写作，纵横跌宕、笔法流畅。他善于根据不同的内容需要变化旋律，在夭矫多姿、不拘一格的节奏中，追求声情并茂的美感。他的许多诗频频换韵，韵位繁密，这种节奏和疏宕发越、富于跳跃性的才思互为表里，相得益彰。例如《走马川行奉送出师西征》，一反传统逢双押韵的惯例，而以三句为一个用韵单位，句句用韵，且平、上、入三声互换，造成一种拗峭劲折的音节效果，富有紧张促迫的感觉，读来有如紧锣密鼓。除了七言歌行之外，岑参对七绝和七律的运用也相当娴熟，《奉和中书舍人贾至早朝大明宫》等诗堪称唐代七律的成熟之作。

岑参诗歌创作的题材，除了表现边塞生活和描写自然景物之外，还有一些属于传统题材的作品，这些不是岑诗的主要方面，但写来也俊逸新奇，有很高的审美价值。如《戏问花门酒家翁》之幽默，《山房春事》二首怀古之深沉，《春梦》写闺思之清丽婉约，皆有独到之处，表现了诗人的生活情趣。

岑参生平和诗歌创作的第三个时期从至德二载（757）直至去世。这个时期，岑参的仕途比较复杂，职任屡迁，多是闲职；加上诗人年纪渐老，失望和归隐的思想又有所抬头。这时他诗中多写对世事的喟叹，对佛道的向往，对山水田园的贪恋。其中值得称道的依旧是写景之作，依然保持着语意新奇、刻画精工的特点。《西蜀旅舍春叹寄朝中故人呈狄评事》为岑参逝世前不久在成都客舍所作，诗中写道："生平未得意，览镜心自惜。四海犹未安，一身无所适。自从兵戈动，遂觉天地窄。功业悲后时，光阴叹虚掷。"时难不已、怀才不遇的感叹，时光易逝、壮志难酬的遗憾，对世事民生的关怀一一毕现，我们可以把它看作是诗人对自己一生的总结。

岑参一生中创作了大量的优秀诗篇，无论时人或后世，都给予极高的评价。当时他每写出一篇，都有人争相传写，从闾里士庶到戎夷蛮貊，无不讽诵吟习。南宋诗人陆游尤其喜爱岑参的诗，他说："予自少时，绝好岑嘉州诗。往在山中，每醉归，倚胡床睡，辄令儿曹诵之，至酒醒，或睡熟，乃已。"（《跋岑嘉州诗集》）后来他到嘉州摄职，不仅搜集岑诗成集，而且把岑参画像挂于斋壁。他高度赞美岑参诗歌的艺术成就："公诗信豪伟，笔力追李杜。"（《夜读岑嘉州诗集》）明人胡应麟在《诗薮》中也说："古诗自有音节，陆、谢体极俳偶，然音节与唐律不同。唐李、杜外，惟嘉州最合……嘉州清新奇异，大是俊才。质力造诣，皆出高（适）上……岑英发之中，唐体大著。"明代的边贡对岑参更是推崇备至，其《刻岑诗成题其后》云："夫俊也、逸也、奇也、悲也、壮也五者，李杜弗能兼也，而岑诗近焉。"足见岑参诗歌的价值及其影响。

登古邺城

下马登邺城，
城空复何见？
东风吹野火，
暮入飞云殿。
城隅南对望陵台，
漳水东流不复回。
武帝宫中人去尽，
年年春色为谁来？

题解

这是一首登临怀古之作。开元二十七年（739）春，岑参自长安往游河朔，本诗即途中经古邺城时所作。邺城，旧址在今河北临漳县西南，汉建安九年（204），曹操据邺，后为魏王，定都于此，邺城遂成为中原名都。北周大象二年（580），邺城毁于战火。这首诗通过对古城荒凉景象的描写，抒发了深沉的历史沧桑之感。本诗一题《登邺城怀古》。

登古邺城 诗意图　于守义 绘

【句 解】

下马登邺城，城空复何见

首句直接点题，点出行游的终点古邺城。登城之前先下马，可见诗人已经走了一段路程，当是特意赶来凭吊古迹的，由“登”字亦可见古城之高陡。怀着一腔思古幽情的诗人，在登上城头之后又见到了什么呢？城已经空了。怀着满腔的期许，结果却落了一个“空”，作者心情之失望可以想见。

东风吹野火，暮入飞云殿

此二句承上而来，写暮色之中诗人下望空城所见情景。邺城当年作为一座首都的时候，人烟阜盛；如今诗人所到之处，虽然是当年的老“城区”，眼前却有“野火”，说明这个城市荒芜已久。“野火”，指磷火，也称“鬼火”。东风本是充满生机的春日之风，与磷火结合起来，就显得反差很大，此情此景让人体验到一种强烈的历史落差。“飞云殿”，当是古邺城的宫殿名。因为没有人，所以磷火一直吹进了殿中。暮色中的野火更加醒目，让人联想到劫火，它使多少繁华化成土灰。野火与宫殿也构成一组反差强烈的意象，从中可以感受到由繁盛到衰败的巨大变迁。

城隅南对望陵台，漳水东流不复回

诗人当是从城的西北角登上来的，所以向南能望到铜雀台，向东能看到漳水东流。“城隅”，城角；“望陵台”，即铜雀（爵）台，在邺城的西南部，建于建安十五年冬。《乐府诗集》卷三十一《平调曲铜雀台》引《邺都故事》：“魏武帝遗命诸子曰：‘吾死之后，葬于邺之西岗上……每月朝十五，汝等时登台，望吾西陵墓田。’”所以铜雀台又称望陵台。作者不称“铜雀台”，而称“望陵台”；不写曹操生前的风光，偏从他死后的凄凉着笔，暗示一代英雄的结局，也不过是荒凉的西山岗上一抔黄土。“漳水”，河名，源出山西东南部，流经邺城西。曹操引漳水入邺城，使之流经铜雀台下，为台上的歌舞风流增色，然而河水却不管世人的感受，径自东流去，千古风流也随之淘洗殆尽，正如孔子在川上曾感叹的：“逝者如斯夫！”

武帝宫中人去尽，年年春色为谁来

曹操死后谥魏武帝，“武帝”二字也是从死后着笔：这位死后被称为“武帝”的大人物，本是邺城宫殿的主人；如今主人不在了，宫中人也一走而空。“人去尽”之“去”字，可作空间与时间两个层面的理解，既可解作

离去，也可解作随时间之流逝而逝去。能让宫中人真正走尽的，是无情的历史河流。当年宫中人在，春色来了有人欣赏；如今人去楼空，春色为谁而来呢？春色有知，也会倍感凄凉。

评解

岑参出仕之前曾漫游河朔，登临古迹，创作了一些以怀古为主题的诗歌，本篇即是其中的佳作之一。邺城是三国时魏国的首都，晋左思曾在《三都赋》中对它的富丽繁华进行了详尽的描绘，从中可见当年的风采。铜雀台建成之后，曹操让诸公子登台作赋，曹植下笔成章，一时称美。岑参在登临古邺城之前，对这些繁华旧事肯定有无限的怀想。不过历史过去了五百多年，王朝更替了好几代，如今的邺城早已荒废不堪。抚今思昔，诗人不由得发出深深的喟叹。

邺城给诗人的第一个感觉是“空”。他此行本来是想“有所见”的，然而登上城头却发现荒城冷落，几乎无景可赏，他不由地感叹“城空何所见”。正因为城空，所以野火才能被东风吹入飞云殿；正因为城空，所以诗人的视线只能落在城南的望陵台和东流的漳水上；也正因为城空，诗人才会感叹“武帝宫中人去尽”。古邺城给人的感觉是没有一点人间烟火的生气，可是诗人在结尾偏偏要问上这么一句：“年年春色为谁来？”历史是无情的，是它使得魏武帝宫中人烟散尽；但春色有情，依旧还年年如约而至。只是没有武帝宫中人，谁来欣赏这大好的春光呢？回报这多情的春色的，唯有一片寂寞。这最后两句构思新奇，出语沉重，南宋姜夔《扬州慢》：“念桥边红药，年年知为谁生？”词意与此句相近，而笔力则显得纤弱。历史沧桑感是古今相同的，“后之视今，亦犹今之视昔”，正所谓“万古到今同此恨，闻琴泪尽欲如何”？

这首诗在形式上也很有特色，类似于乐府的杂言体。前四句是五言仄声韵，后四句是七言平声韵，与此对应，诗人的情绪也有微妙的变化：目光初接古城，掩不住失落促迫之感；徘徊既久，则有悠悠不尽之情。

山房春事二首（其一）

风恬日暖荡春光，
戏蝶游蜂乱入房。
数枝门柳低衣桁，
一片山花落笔床。

题解

这两首《山房春事》是岑参的早期作品。从后面第二首描写梁园的作品来看，似为天宝元年（742）漫游大梁（今河南开封）时所作，当时作者二十八岁，还没有出仕。不过诗人这一年八月份才到大梁，与诗中所写内容不合；或许诗人此前也曾来过。诗人后来在长安写有《梁园歌送河南王说判官》，诗中写道："梁园二月梨花飞，却似梁王雪下时。"与本组诗第二首中庭树发春花的意境相合，可见作者确实见过梁园春景。"山房"，即建于山中的房舍；"春事"，春色、春光。这一首切合题目，写的是山房所见明媚的春光。

山房春事二首（其一） 诗意图 王兴华 绘

【句解】

风恬日暖荡春光，戏蝶游蜂乱入房

春天来了，风是柔柔的，阳光是暖洋洋的，春光在天地之间荡漾。用“荡”字来形容春光，犹如大水漫过，无处不在，而人也处处被春光拥抱着，心情无比适意。春天是蜜蜂、蝴蝶的季节，它们玩耍、游走，闹哄哄的一片，让人想到“红杏枝头春意闹”的名句。不过这里的蜂蝶不仅在枝头闹，它们还胡乱地闯入“我”的房中。于是春意就被它们带了进来。

数枝门柳低衣桁，一片山花落笔床

柳树应是论棵的，所谓“碧玉妆成一树高”，而此处门前的柳树却论“枝”，因为坐在房中桌前的诗人隔着窗子，并没有瞧见它的全貌，只看见几枝青嫩的枝条拂着晾衣架。柳枝之“低”，使人产生一种相近相依的感觉。“衣桁”，挂衣服的横木，犹如今天的晾衣架。“笔床”，古时放毛笔的特制文具，据明代屠隆《文具雅编》：“笔床之制，行世甚少。有古鎏金者，长六七寸，高寸二分，如一架然，可卧笔四矢。”诗人收回目光，发现连笔床上也落上了美丽的山花。笔床带着一种文化气息，暗示诗人的身份，而山花的妆点，促成了诗人与自然的亲密接触。

评解

这首七绝写的是浓郁的春光带给诗人的欣喜之情。诗人坐在山房书屋的窗前，视线隔着窗子投向外面的世界。这个视角很独特，也很耐人寻味。也就是说，他并没有主动地走进春天，是春天主动地走向了他；他并没有主动地亲近自然，是自然主动地亲近了他。所以他对春光的感受，不仅仅是“无边光景一时新”（宋代朱熹诗句）和“渐觉眼前生意满”（宋代张栻诗句），而是惊喜地发现，山房书屋都被春天的使者——蜂蝶所占领。文化人对于自然的疏远，集中在书桌前的一个笔架上，但就是这个笔架也落上了一片山花，那是恬暖的春风捎进来的，春天实在是可人。加上游蜂戏蝶在屋中飞舞，嘤嘤成韵，这简直就是一曲有声有色的春日交响曲。

诗人的心情是恬淡而欣喜的，所以本诗的结构也表现为一种自然随意的状态。四句诗，四个画面，似乎漫不经心地放在一起，共同组成一幅明媚的春光图。不过细心体察，就会发现诗人注意力的转移还是有规律可寻的。他首先感受到的是窗外无处不在的春光，这是春天给他的整体感受；然后才发现有蜂蝶来闹，春天已经闯入了他的书房；诗人自然而然把眼光投向窗外，看到了门前那低低的柳枝；最后又收回视线，看到了落在笔床上的几片山花。就这样，诗人坐在山房里，细细地感受着里里外外的“春事”。

岑参是边塞诗派的代表人物，人们习惯了他笔下那种金戈铁马的场景和慷慨悲壮的风格。但看一看这首恬淡优雅的七绝，即使放在优秀的田园诗集里也毫不逊色。可见作者的才情是多方面的。

山房春事二首（其二）

梁园日暮乱飞鸦，
极目萧条三两家。
庭树不知人去尽，
春来还发旧时花。

题解

这一首诗虽也题为“山房春事”，但与前一首相比，地点已经不是“山房”而转移到了梁园，主题也不是“春事”而是怀古，两首诗的情调、风格也相差很大。有人怀疑两首诗非同时所作，这首诗的题目也并非“山房春事”，可能是后人误编在一起的。这首诗描写眼前梁园的萧条景象，怀想其昔日盛况，不胜感慨。

山房春事二首（其二）诗意图　王赫赫 绘

【句 解】

梁园日暮乱飞鸦，极目萧条三两家

“梁园”，又称兔园，汉代有名的皇族园林，汉文帝之子梁孝王刘武所建，故址在今河南开封东南（一说在商丘东），明朝时建禹王庙，现已辟为禹王台公园。梁孝王喜欢招揽宾客，梁园建成后，曾邀请当时著名文学家司马相如、枚乘等人在园中写诗作赋，一时称盛。遥想当年的梁园，是何等的繁盛！可是诗人到来的时候，只见黄昏里群鸦乱飞；当年壮观繁丽的楼台宫观已经不见了，极目远望，才见“萧条三两家”。黄昏给整个画面蒙上了一层暮气沉沉的色调，触景生情，诗人的情绪也是灰暗阴沉的。日暮当然是乌鸦归栖之时，但如果是像当年一样，名士云集，人来人往，怎么会有这么多的乌鸦乱飞呢？没有一字议论，而今古兴亡、盛衰无常的感慨自在其中。

庭树不知人去尽，春来还发旧时花

诗人们总是愿意在废墟上找一点当年的影子，以寄托怀古之幽情。难道这梁园真的就没有留下一点当日生活的痕迹供人凭吊吗？诗人将目光转向庭园中的树木，见其春色不减当年。这样一树繁花出现，使人眼前为之一亮，整个画面也陡增了一片生机。可是这并未挽回诗人低落的情绪，因为他此刻怀想的还是梁园旧日的风光。“以我观物”的结果，本来是新春之花，在他眼中却还是“旧时花”，而庭树也就成了“不识时务”的旁观者，当年就是它旁观梁园宾客一时之盛。按理说人事已非（“人去尽”），庭树若有情，也当花枝苍老零落才对。可是草木无知，偏偏不管人事的兴亡，春来照样繁花满枝。这叫敏感的诗人情何以堪！于是，本来可以为画面添一点亮色的庭树，反而更刺激了诗人多感的心灵。

评 解

这是一首出色的吊古之作。梁园是汉代有名的皇族园林，最盛时占地三百多里，风景优美，建筑繁华。梁孝王经常在园中设宴，一代才人枚乘、司马相如等都应召而至，吟咏风流，所以它当时还是一个文化中心，车毂相接，士女云集，秀辞丽句，称一时人文之盛。

岑参游梁园，就是因为钦羡当年的歌舞风流、人文之盛。可是，历史过去了近千年，王朝也换了好几代，昔日的繁华场早就冷落不堪，只见黄昏日暮，群鸦乱飞。在目力所及的广大视野内，仅约略可见两三户人家，几乎寻不见一点当年繁华的影子。当然，还是会有历尽沧桑而依旧如故的景物：正值生机勃发的春季，庭中老树依旧繁花满树。然而在诗人看来，这棵老树应当曾与旧日的梁园宾主为伴，目睹了当日的繁盛，现在却全然不知人已去尽，仍然开出与当时一样的艳丽之花。自然春景的烂漫与人文史迹的衰败，形成强烈的反差。庭树是无知的，历史是无情的，而人偏偏是有情的，见到这一如往昔的花朵，更使人感叹世事沧桑难料。作者以无知衬有情，以乐景写哀情，相反而相成，感情极为沉重，出语却相当含蓄，其巧妙的构思极富表现力。中唐诗人刘禹锡善为咏史诗，名句如“旧时王谢堂前燕，飞入寻常百姓家”、“淮水东边旧时月，夜深还过女墙来”之类，可能受到岑参的影响和启发。清人沈德潜《唐诗别裁集》卷十九称赞岑参这种写法：“后人袭用者多，然嘉州实为绝调。”

胡笳歌送颜真卿使赴河陇

君不闻胡笳声最悲，紫髯绿眼胡人吹。
吹之一曲犹未了，愁杀楼兰征戍儿。
凉秋八月萧关道，北风吹断天山草。
昆仑山南月欲斜，胡人向月吹胡笳。
胡笳怨兮将送君，秦山遥望陇山云。
边城夜夜多愁梦，向月胡笳谁喜闻？

题解

天宝七载（748）八月，颜真卿充河西陇右军试覆屯交兵使，前往河西、陇右（即诗题中所谓“河陇”，在今陕甘交界区域）一带。当时岑参正在长安任职，颜真卿临行前，诗人写了这首诗赠给他。颜真卿，字清臣，京兆万年（今陕西西安）人，以书法知名；开元年间进士，迁侍御史，累官至工部尚书，太子太师；后来唐德宗时李希烈反，颜真卿被害，谥文忠。“胡笳”，古代北方少数民族的一种管乐器，从汉代起流行于塞北和西域一带，其吹奏之声如人之悲鸣。汉末蔡文姬曾作《胡笳十八拍》，以配合胡笳的伴奏而歌唱，倾诉乱离的悲苦。本诗通过对悲壮的胡笳声的描写，表现了与友人的依依惜别之情。

胡笳歌送颜真卿使赴河陇 诗意图 李立公 绘

【句 解】

君不闻胡笳声最悲，紫髯绿眼胡人吹

诗人将胡笳之声与胡人的吹奏情形结合起来写，充满异域情调。开篇如此强调边地风情，有力地突出了颜真卿此次出使的不同寻常，从而透露出对友人出行的特殊关心。“君不闻”三字，暗含对颜真卿前往如此悲凉的异域之地的同情之意，“闻”统领全篇。胡笳之声本来就是悲的，南朝庾信《咏怀》曾云：“胡笳落泪曲，羌笛断肠歌。”由那紫髯绿眼的胡人吹奏起来，声音更见悲壮。“紫髯绿眼”，形容西域胡人的外貌，“紫髯”即酱紫色的胡须。作者在这里强调胡人的相貌也是有深意的。《庄子·徐无鬼》中说：“子不闻夫越之流人乎？去国数日，见其所知而喜；去国旬月，见所常见于国中者喜；及期年也，见似人者而喜矣。”颜真卿去国离乡，满眼所见多是这些长相异于中原人士的胡人，其孤独可知。与胡人无法用语言进行正常的交流，因而这没有国界的音乐（胡笳）就成了最有效的感情媒介。

吹之一曲犹未了，愁杀楼兰征戍儿

此二句进一步描述胡笳歌的悲凉。“愁杀”，即愁煞，形容愁到极点；“楼兰”，古西域国名，后更名鄯善，在今新疆罗布泊西南，若羌县东北，故址已为流沙所掩没，这里借指西域边地；“征戍儿”，驻守边塞的士卒。一曲还未吹完，就连那能征惯战的楼兰军士听了也不禁“愁杀”，足见其声悲戚异常。诗人不写颜真卿听了如何哀愁，而写连楼兰将士都不忍卒听，侧面烘托了颜真卿闻胡笳悲曲而触动的悲凉。“楼兰征戍儿”同时也在强化边地的印象。

凉秋八月萧关道，北风吹断天山草

这两句开始写流行吹奏胡笳的边地的环境。进入凉秋八月的萧关，强劲的北风把天山的草都吹断了。胡天八月本来是可以飞雪的，所谓“胡天八月即飞雪”，象征冬天的北风也早早来到，这是边塞与内地气候不同之处。《老子》云：“草木之生也柔脆，其死也枯槁。”北风之所以能将天山草吹断，是因为边地苦寒，草木过早地枯槁。将胡笳之声与边地的荒凉冷落情景结合起来写，更增加了萧瑟的气氛。“萧关”，汉代关中四关之一，为关中至塞北的交通要塞，故址在今宁夏固原东南。

昆仑山南月欲斜，胡人向月吹胡笳

上两句才把笔稍稍宕开去，这两句马上又回转过来，接着写胡笳之声，有如一曲悲凉的旋律，萦回不去。清晓斜月欲落之时，在高大阴黑的昆仑山脚下，胡人对着月亮吹笳，如此荒寒之情境，将笳声衬得愈发悲壮，充塞宇宙。“向月胡笳”这个意象后面又一次出现，以突出其清壮凄切。胡笳的声音是悲凉的，但并不低沉，“向月吹”的动作也有一种不屈的昂扬之态，似乎这笳声已经充塞于天地之间。单纯的背景之下，凄凉的声音与清丽的画面相切合，别有一种悲壮的美。宋人严羽说：“高岑之诗悲壮，读之使人感慨。”（《沧流诗话》）悲凉而不使人颓废，这正是岑参边塞诗的特点之一。“昆仑山”，在今新疆、西藏之间，西接帕米尔高原，东延入青海境内。《新唐书·地理志》云“肃州酒泉郡有昆仑山”，诗中即指酒泉之南的祁连山主峰。“月欲斜”，月将斜落，表明时间是后半夜。

胡笳怨兮将送君，秦山遥望陇山云

在把胡笳的悲壮情调写足写尽之后，结尾才回到送别主题。于胡笳声中送别，笳声成了伤别之情的伴奏。在胡笳的一片悲怨声中，我就要送您远行了；今后只有从秦地的山上去遥望陇山之云，以寄托思念之意。在秦山是听不见胡笳声的，所以视觉又开始发挥作用，一个“望”字，用视线和思念把两座遥远的山峰连在一起，立意极妙。望人而不可见，唯见白云悠远，思念之深、意境之美，值得反复玩味。而两个“山”的措辞也是下了功夫的，有山山相望、心心相印的表达效果。“君”，指颜真卿；“秦山”，即终南山，泛称秦岭；“陇山”，又名陇坻、陇坂，在今陕西陇县西，“陇山云”借指颜真卿出使之地。

边城夜夜多愁梦，向月胡笳谁喜闻

末尾又从边地着笔，想像颜真卿至边地之后听到胡笳的感觉：您住在那远离故人的边境，夜里不免会做思乡的梦；当清夜梦回之时，您恐怕不愿去听那悲凉的胡笳声吧？两个“夜”字连用，可见愁梦之多。不言自己如何思念颜真卿，而是设想对方到了边塞之后，每每梦里还乡；而午夜梦回，耳中又是那不忍听的绵延不绝的胡笳声，令人倍增凄凉之感。一片细微体贴之意，自然流于言外。结尾以“谁喜闻”之问回应开篇“君不闻”之问，首尾相顾，胡笳之声贯穿全篇，成为情感抒发的载体。清沈德潜《唐诗别裁集》卷五评论说：“只言笳声之悲，见河陇之不堪使，而惜别在言外矣。”

评解

清人沈德潜说："（岑）参诗能作奇语，尤长于边塞。"（《唐诗别裁集》）作为著名的边塞诗人，长于边塞诗是理所当然的。但值得注意的是，岑参写作这首诗时尚未有出塞经验，对边关生活还没有亲身体验。如果要从"眼见为实"的角度落笔，显然不容易，于是他巧妙地"避实就虚"，从抽象的音乐写起，展开想像，驰骋笔墨。本诗为赠别诗，却不从离别写起，而是将西域的特有乐器胡笳大加铺写，渲染其悲凉的声情，以胡笳声贯穿始终。在酝酿足了悲凉的气氛之后，与送别主题顺势对接，则自有一种关怀难舍之意充满全篇。通过想像，就能把边地声情描绘得如此真切，可见作者运思之高妙。今人周啸天评析此诗说："诗中的边关是那么哀怨又那么令人神往，月下胡笳的声音那么催人泪下又那么富于魅力，读者感同身受。大抵诗人这时已隐约下定亲历塞垣的雄心，此诗可谓其边塞诗的前奏。"（《岑诗综论》）

这首诗为七言古诗，却用八字句起头，以"君不闻"三字领起，显出陡然而起的气势。末句以"谁喜闻"收结，首尾两个问句呼应十分紧密。中间以两句为单位，每两句成一个意义单元。单元与单元之间又使用顶针手法，如"紫髯绿眼胡人吹。吹之一曲犹未了"、"胡人向月吹胡笳。胡笳怨兮将送君"，这就使文脉贯通，读来浑然一体。全诗换韵频繁，开始四句作一韵，较为舒缓；中间四句两句一转韵，平仄交替，由舒缓而变得特别急促；最后又四句作一韵，"胡笳怨兮将送君"还用了《楚辞》句式，逐渐回复舒缓。这种错综交织的安排，恰切地表现了起伏迭宕、悲壮淋漓的送别之情。

逢入京使

故园东望路漫漫，
双袖龙钟泪不干。
马上相逢无纸笔，
凭君传语报平安。

题解

此诗作于天宝八载（749）。这年岑参第一次从军西征，赴安西（今新疆库车）节度使高仙芝幕府任掌书记。他辞别了住在长安的妻子，纵马西行，西出阳关，在路上遇见入京使者，遂写下这篇名作。此诗通过西行途中马上相逢的一个小场景，表现出对故乡和亲人无限眷念的深厚情感，以平常语道出了人人都可能有，却并非人人都能说得出来的独特感受，因而历代传诵不衰。

逢入京使 诗意图 王赫赫 绘

【句 解】

故园东望路漫漫，双袖龙钟泪不干

这两句描写孤身西行途中的情形。首句用倒装手法，正常的语序应为“东望故园路漫漫”。“东望”点明故园的方位，诗人此行是打马西去，应该是面向西方的。可是上来却是“东望”，可见对长安故园难舍难分。回望之中，只见茫茫一片，故园早已在视野中消失了，说明诗人离家已经很远；出行不止一两天了，还在不断地回头望，更可见无尽的牵挂眷念之情。在这种愈望愈远的情境中，饱含令人黯然神伤的情绪。虽说男儿有泪不轻弹，可诗人此时是第一次出塞，前往荒远的西北边陲，难免挂念家中的妻子，不知何日才能相见，因而泪水淋漓，“双袖龙钟”；“龙钟”，泪水淋漓、湿漉漉的样子。南朝刘勰《文心雕龙·夸饰》说：“夸而有节，饰而不诬。”因为这种感情是真实的，所以这种夸张不但不使人觉得矫情，反而让人感同身受。

马上相逢无纸笔，凭君传语报平安

古代交通、通讯不发达，离家之后只能通过书信与家人联系。诗人一路行来，想着早该给家人写一封信了。但愈行愈荒凉，传书递信的驿站难得一见，无法如愿。正当他频洒思乡泪的时候，遇到回京城办事的使者，诗人马上想到托他捎一封家信回去。可是双方都是军旅中人，彼此相逢当然是在马上，行色匆匆，纸笔也无从觅取，不得已，只好让这位使者给家里带个说明自己平安的口信。这个场景很有军旅生活的特色，既合情合理，又给人以新鲜之感。“报平安”三字既是出于对妻子的思念，也有一种安慰妻子的深情在内：诗人担心妻子挂念自己，所以报一个平安让她放心。末句收束得干净利落，但使者到底有没有把口信带到呢？诗人和读者都不知道。这就留下了一点微微的缺憾，而有了这一点缺憾，读者在读完整首诗之后，依然有放心不下的感觉，言已尽，情未了，本诗的好处也就在这里。

评 解

这是一首脍炙人口的描写思乡之情的佳作，充满军旅生活的特色，读来别有风味。

岑参第一次出塞时的心情是很激动的，大有一种一往无前的英雄气概。

正如他在《初过陇山途中呈宇文判官》中所表述的："万里奉王事，一身无所求。也知塞垣苦，岂为妻子谋！"听起来好像是一点也没有把儿女私情放在心上。但诗人的感情其实是复杂丰富的，因而当这位投笔从戎的大丈夫因怀恋故园而显露出无限深情的时候，读者不但不会觉得奇怪，反而加深和丰富了对他的认识。

这首诗耐人寻味的地方在于，它不仅写出了思念家乡的人之常情，同时展现了对诗人来说是全新的戎马生涯的面貌。曾经每日与纸笔诗书打交道的诗人，在这个最需要纸笔的时刻，偏偏发现"马上相逢无纸笔"，这一个转折，预示着诗人未来生活将与往昔大相径庭。马上相逢，既是行人匆促情状的写实，又含有诗人"功名只向马上取"的夙愿。正因为如此，"凭君传语"所传达的就不仅仅是缠绵儿女之情，同时也传达了一种豪爽之气。这首诗把思乡的柔情与建功立业的豪气巧妙融汇于特定的环境之中，有着充实的内涵与深长的韵味。

本诗语言质朴自然，不假雕琢，仿佛随手拈来，信口而成，而在平易之中，又饱含丰富的生活气息和浓厚的人情味，所以能深入人心，使人历久不忘。清人刘熙载说："诗能于易处见工，便觉亲切有味。"（《艺概·诗概》）正可以用来形容本诗的特点。沈德潜评论本诗说："人人胸臆中语，却成绝唱。"（《唐诗别裁集》卷十九）这是公允的评价。

西过渭州，见渭水思秦川

渭水东流去，
何时到雍州？
凭添两行泪，
寄向故园流。

题解

本诗也是天宝八载（749）诗人赴安西途中所作。作者行到渭州，见到了东流的渭水，心有所感，写下这首意味隽永的小诗。渭州，在今甘肃陇西县西南；渭水，源于渭州，流经长安，至潼关入黄河。渭州治所襄武在渭水西岸，所以过渭州时能够见到渭水；而渭水是要流向秦川的，所以见渭水而思秦川。秦川，指关中，即今陕西中部地区，这里指长安；诗人家在长安，因而思秦川也就是思故园。

西过渭州，见渭水思秦川 诗意图　王兴华 绘

【句 解】

渭水东流去，何时到雍州

这两句写经过渭州时所见，照应题目中的“见渭水思秦川”。“雍州”，据《旧唐书 · 地理志》，唐高祖武德元年（618）依旧制改隋京兆郡为雍州，治所在长安；唐玄宗开元元年（713），复改雍州为京兆府；这里照应诗题中的“秦川”，实际上借指长安。渭水向东流去，什么时候能流到雍州？按常理，这条河从源头到入河口都算渭水，可以说渭河实际上同时在渭州和雍州；作者如此发问，是因为人在渭州，把眼前所见的流水看成了另一个“入京使”，有所寄托。诗人何以要关心流水的行程呢？这个问句也构成了一个小小的悬念，吸引读者向下面诗句中寻求答案。

凭添两行泪，寄向故园流

这两句对前两句的发问做了一个说明：诗人原来是要托渭水寄泪还家。诗人没有写自己的形象，然而他临河挥泪的画面已宛然可见：诗人的泪水落在河水里，随水东流，诗人希望滔滔不休的渭水，能够将自己的思乡之泪、思乡之情带回故乡。“凭”，请。“故园”，岑参有别业在杜陵山中，所以诗中称长安为故园。如此出奇的要求，实在是既出乎意料之外，又在情理之中。作者此时已经没有机会再遇到还京的使者了，所以只能把思念寄托在东流的渭水上。渭水能做什么呢？渭水不能传语，但是可以“寄泪”。询问渭水何时到雍州，原来是关心泪水何时到雍州，再深一层，诗人更是在问自己，何时才能再回到雍州？

评 解

诗人一路西行，与长安故园的距离越来越远，他的思乡之情也日益深切，以至于中途每经过一个地理坐标，他的心亦随之而起波动，发而为诗。这些诗甚至可以为读者提供岑参第一次出塞的具体行程。比如写这首诗时，他正在经过渭州，见到了自西向东流的渭水。

渭水向东流，并没有什么特别之处。然而在诗人西行这一特定的情景之下，这种自然现象却被赋予了特定的深意：河水是与作者逆向而行的。一个是背离了乡土，克服重重障碍西向而行；一个则是顺势而下，流向故乡。

通过诗句，人们能够感受到，两种本来互不相关的运动，在这里居然形成了一种抗阻和对峙；这说明作者此时虽身在前行，而心却在不断“回顾”，西北边塞还没有真正进入他的视野和心灵，他的眼睛和心其实还是和渭水一样向东流回的，因为那里有他的长安故园，有在故园中守望的妻子儿女。但是诗人也意识到，从戎出塞的他已不能随渭水向东回家，只有让泪滴随着流水流向故园。泪水和河水形成一种奇妙的聚合，乡愁如水向东流，意味含蓄不尽，耐人寻味。

有趣的是，诗人是“煞有介事”地把泪水添在渭水中的，这种郑重其事的态度本身就是一段思乡痴情的绝好写照。与滔滔的渭水相比，两行泪水本算不得什么，然而在诗人看来，它们却有着可以与渭水相提并论的份量。一段乡情无处诉，渭水居然成了诗人唯一可以托付的朋友；“何时到雍州”一语，则更见情致，作者关心这位“朋友”什么时候能把自己的两行泪送到故园，虽不是直接写思乡之愁，却比直接抒写还要真挚感人。

碛中作

走马西来欲到天，
辞家见月两回圆。
今夜不知何处宿，
平沙万里绝人烟。

题解

本诗为诗人天宝八载（749）赴安西途中通过沙漠所作。经过长途旅行，诗人终于见识了真正的西北大沙漠。大沙漠的广袤荒凉带给作者的新奇感受，行军生活的艰苦与远离家乡的思亲之情交织在一起，整首诗给人以悲壮苍凉之感。“碛”，本意指浅水中的沙石堆，这里指沙漠；本诗中的“碛”指银山碛，又称银山，在今新疆托克逊西。

碛中作 诗意图 童介眉 绘

【句 解】

走马西来欲到天，辞家见月两回圆

起句横空落笔，气势非凡。诗人由长安向西北行来，地势是越来越高的，很自然地就会有一种离天越来越近的感觉。同时西北高原大漠辽阔，天地相接，也容易强化这种感觉，所谓“过碛觉天低”（《碛西头送李判官入京》）。更何况，传说中的神仙西王母就住在这西北的昆仑山。所以，“欲到天”不仅写出了边塞离家之远，而且展现了西北高原野旷天低的气势，同时还表现了诗人一往无前、与天地比肩的英雄气概。次句通过月圆两度，表示离家已经有两个月之久，不写思家而思家之情跃然纸上。以圆月作为时间的标志，寓叙事、抒情于写景之中，既点明今夕是月圆之夜，同时又寄托着与家人的团圆之梦。诗人清楚地记着每一次月圆之夜，其思乡之情宛然可见。

今夜不知何处宿，平沙万里绝人烟

第三句由思乡情绪转回现实，表面上看转得比较突兀，实则还是由见月思家而来，似断实连。到了大漠，诗人才发现，住宿居然成了值得考虑的问题，这也是边塞生活带给他的一种新鲜感。结句与其说是对“不知何处宿”的回答，倒不说是“不知何处宿”的原因。大漠无边无际，却看不到人烟，哪里能找到栖息之处呢？这个画面为读者留下广阔的想像空间。杜甫曾评价岑参的诗“篇终接浑茫”（《寄彭州高三十五使君适虢州二十七长史参三十韵》），这是称赞他的诗结尾浑厚，气象阔大，不可窥其涯际。从这首诗的结句来看，杜甫的说法是相当有道理的。

评 解

岑参第一次出塞，一路上交织着对故园的思念。开始的时候，他对身后家园的留恋掩盖了对前途的憧憬，从前面两首诗《逢入京使》《西过渭州，见渭水思秦川》中能明显地感受到这一点。不过随着旅程的不断推进，新的生活因素早晚还是要出现的。于是在这首《碛中作》中，人们就看到了两种不同情绪的奇妙组合。

首句从空间落笔，诗人有如只身匹马的行侠，一路西行到天边，那种一步三回头的缠绵已经不见了。次句从时间落笔，交代离家已过两月，说明作者还是一路计数着离家的日子；然而因为家已经越来越遥远，所以他已经没有了淋漓的泪水，变得相对平静。接下来，诗人由空中的圆月想到团圆安憩的幸福，然后才意识到不仅团圆不可期，故园亲人不可见，就是今天晚上住在哪里，都成了不知道答案的问题，因为此处“平沙万里绝人烟”。细细品来，景色是苍凉的，但感情并不消沉。这是因为边塞生活的奇异之美给了诗人一种新鲜的感受：明月当空照耀，白沙如雪，空气这么明净，使他能一眼望尽那万里的荒漠。天地之阔大显出了行人的孤独，同时也拓展了他的心胸。

作者在诗中所表现的感情是比较复杂的，有立功边关的雄心壮志，戎马生涯的艰苦，边疆地域的荒凉，正显示诗人从军边塞的壮志豪情；同时，他仍然延续着对故园和妻子的思念，一轮明月当空，无疑更易触动诗人的思乡情怀。这首诗是这两股旋律的交响与合奏，既有侠骨，又有柔肠，因而内涵丰富，蕴藉感人。

这首诗在艺术上也很值得称道。作者善于以鲜明的形象造境写情，于叙事写景之中，巧妙地寄寓细微的心理活动，意境壮阔，感情深挚，含而不露，读来别有神韵。

银山碛西馆

银山碛口风似箭，
铁门关西月如练。
双双愁泪沾马毛，
飒飒胡沙迸人面。
丈夫三十未富贵，
安能终日守笔砚？

题解

此诗为诗人天宝八载（749）赴安西途中所作，他此时已经来到了真正的边塞，并感受到边塞的独特气候，因而这也可以算是作者写真正的边塞诗的开始。进取的雄心与恶劣的环境在诗中交织，动人心魄。银山碛，在今新疆托克逊西；馆，即驿馆、驿舍，据《新唐书·地理志》，“（银山碛）又四十里至焉耆界（按：在今新疆焉耆西南）吕光馆”，诗中的“银山碛西馆”可能就是指这个吕光馆。

银山碛西馆 诗意图 汪国新 绘

【句解】

银山碛口风似箭，铁门关西月如练

开篇直接进入行程。诗人形容边塞之地的自然环境，给人以切身感受。首先是在银山碛口感受边地之风。“碛”的本义为水中的沙石浅滩，是河谷中的地貌，如今山西、陕西交界处还有地名称为“碛口”。碛口也就是风口，风力强劲，以箭来形容再形象不过。当然，这里的“风似箭“不仅用来形容风速，它还意味着强风带来了刺骨的寒意，正如诗人在另一首诗中所说，“风头如刀面如割”。然后诗人来到了铁门关，据《新唐书·地理志》，自焉耆西五十里过铁门关，可见作者依旧是在一路西行。“铁门关”这个名字既形容关塞的坚固程度，同时在诗中特定的语境里，更使人感到一种难以忍受的冰冷。“月如练”，形容月色皎洁，“练”是白色熟绢。此句既写月色，同时点明时间是在夜里。何以要强调“铁门关西”月如练呢？因为作者是一路西行的，西行而见月，则说明月已偏西，时间显然已经很晚了。

双双愁泪沾马毛，飒飒胡沙迸人面

夜里行军当然是非常辛苦的，诗人心情之愁苦也可以想见，双泪洒落也不难理解。值得注意的是，表现脆弱感情的眼泪沾在象征兵戎的马毛上，形成一种反差、一种不协调，说明西北边塞是不相信眼泪的。“飒飒”本是用来形容风声的，此处用来形容打在人脸上的风沙的声音，尤其贴切。“胡沙”这个词很有意思，汉地也有沙，只是汉地的沙子很少这样往人脸上猛烈飞扑。“迸”是溅射之意，使人感觉到一种弹射的力度，“迸人面”即风沙击打人的脸面，可见西域之风的猛烈。

丈夫三十未富贵，安能终日守笔砚

古人以三十岁为而立之年，此时作者已三十五岁，“三十”是举其成数。诗人年已三十，尚未建功立业，岂能终日与笔砚打交道？在描写西北的沙尘天气之后突然来上这么一句，作者的潜台词是：边塞生活确实很艰苦，但为了搏取功名，再辛苦也要忍耐。“守笔砚”，用东汉班超投笔从戎的典故。据《后汉书·班超传》：“超家贫，常为官佣书以供养，久劳苦，尝辍业投笔，叹曰：‘大丈夫无他志略，犹当效傅介子、张骞立功异域以取封侯，安能久事笔研间乎？’”“研”同“砚”。这个典故用在诗中，于情于景都极为贴切，诗人要以傅介子、张骞和班超为榜样，来西域求取功名。

评解

岑参终于来到了真正的边塞，领略了真正的边塞生活。他在诗中准确表达了西北边疆的生存环境给他的感觉，读罢，仿佛有粗砺的风沙扑面而来。本诗的结构与风格非常简单，非常质朴粗放。诗人在叙述的时候，一点没有描写山水田园时那种悠然自得的情致，也不讲究什么起承转合。

开头四句，两两对偶，铺排西北边地恶劣的自然环境，先入为主地把边地苦寒的生存感觉推到读者面前，以渲染夜里行军之苦。边地也有风月，不过这不是从前诗中见惯的风花雪月，此风此月，是足以使人眼泪双落的风刀霜剑。甚至边地的愁泪也没有多少诗意，掺着风沙，沾着马毛，乃至用不着以衣袖来拭。这种与风沙搏斗的生活对诗人来说是何等严酷的考验！那么，如此辛苦奔波是为了什么呢？诗人直接抛出两句作为回答：“丈夫三十未富贵，安能终日守笔砚？”诗人未尝不怀念那种温暖的生活，但年过三十而功业未立，他不愿如此终老。最后一句用班超的典故，他要以班超为榜样，“立功异域以取封侯”。诗中反问的语气比班超案前投笔时还要强烈，这是因为诗人直面的已经是胡地风沙的考验。恰恰是西北的风沙，磨砺了诗人的坚定意志，使本诗充满了悲壮的气氛。

英雄向来是不当以成败来论的。岑参终其一生，并没有实践自己的封侯理想，但诗中表现出来的这种英雄主义的理想和豪情，还是给人以强烈的震撼。

戏问花门酒家翁

老人七十仍沽酒，
千壶百瓮花门口。
道傍榆荚仍似钱，
摘来沽酒君肯否？

题解

本诗原有小注："在凉州。"天宝十载（751），原任安西节度使的高仙芝调任武威太守，并接任河西节度使（因故未能接任此职）。在安西节度幕府盘桓了一年多的岑参，和其他幕僚跟随高仙芝一道移驻武威（今属甘肃），武威旧称凉州。当时正是春光初临的季节，在凉州城花门楼前，诗人遇到一位卖酒的老人；他突发奇想，写了这样一首幽默风趣的小诗。此诗有如一出短剧小品，人物的音容笑貌栩栩如生，充满民间情调。"花门"，当时凉州有客舍名为花门楼。

戏问花门酒家翁 诗意图　高向阳 绘

【句 解】

老人七十仍沽酒，千壶百瓮花门口

诗的开头两句用白描手法，写沽酒老翁待客的情景。诗人从花门楼前的酒店落笔，从老人那一头花白的头发上看出，这位酒家翁大概有七十多岁了。古稀之年仍在卖酒，倒并不见得是为生活所迫，因为从“千壶百瓮”的排场来看，酒家还是相当富有的。老人在千壶百瓮间转来转去，也真够他忙活的，身体的硬朗可以想见；“仍”字表示有略微惊奇的意思。诗人看到这样一位酒家翁，感到很好奇，有意跟他说笑，这就为下文的“戏问”作了铺垫。“千壶百瓮花门口”节奏感极强，有如后来曲艺中的快板，调子极为轻松。“沽”，有买酒、卖酒两义；本诗首句中的“沽酒”指卖酒，末句中的“沽酒”则指买酒。

道傍榆荚仍似钱，摘来沽酒君肯否

美酒飘香，吸引诗人上前买酒，但就在交钱时，他为老人的乐观所感染，不由想开个玩笑。“榆荚”是榆树的果实，初春的时候长出，白色而成串，形状似铜铁，俗称榆钱。诗人见道旁的榆树上结着一串又一串的榆荚，突发奇想，用轻松诙谐的语调问这位当垆沽酒的七旬老翁：“老大爷，这道旁树上的榆钱不也是钱吗？我摘下两串儿来换酒，您同意不同意？”这是一个善意的、温和的玩笑，场面很有喜剧性，诗趣盎然。读者看到这里，也会油然发出会心的一笑。诗人善于剪裁，他省略了中间的买酒过程，直接把最具喜剧性的问话放在诗中。第三句中的“仍”字与第一句中的“仍”字遥相呼应，相映成趣，都有“本不该如此”的言外之意，有游戏的味道。

评 解

塞外的军营生活也并不每天都是金戈铁马，也有愉快放松的时候。岑参是一个很有生活情趣的人，他能够随时随地发现生活中的诗意和趣味。这首诗描写他与凉州城中卖酒老翁开玩笑的场面，读来别有风味。

经历了长期的大漠旅行之后，诗人一行来到了边地名城凉州。这个时候正逢初春，他的心情应该是比较轻松的。花门楼前的酒店里，一个七旬老翁被很多酒瓮包围着，忙来忙去。这个场景堪称盛唐时代河西的一幅生动的风俗画，从中可以领略到国富民安的时代气息。路旁树上结的串串榆钱给诗人以灵感，他不失时机地与卖酒的老人开了一个谐趣的玩笑。场面的戏剧性使人莞尔，诗人的机智与幽默也让人佩服。明代胡震亨认为："岑参诗尚巧主景。"（《唐音癸签》卷五引陈绎曾语）"尚巧"是指善于构思，别出心裁；"主景"是指画面感强，形象生动。从这首诗的特点来看，胡震亨的说法是有道理的。诗人并不刻意搜肠刮肚，语不惊人死不休；相反，他写诗的"巧"来自机智聪敏的天赋和生性好奇的性格，所以能够做到新巧而自然，触处生春。朴素的白描和生动的想像相结合，在虚实相生中显示出轻松幽默的情趣。诗人使用了口语化的表达方式，似乎脱口而出，却又十分恰切，富于生活气息，很有表现力。

武威送刘判官赴碛西行军

火山五月行人少，
看君马去疾如鸟。
都护行营太白西，
角声一动胡天晓。

题解

天宝十载（751），高仙芝在改授河西节度使以后未能赴任，旋又将兵三十万抵抗西北边境大食（古阿拉伯帝国）的进攻。这年五月，刘判官奉命从武威赶赴高仙芝的安西行营，岑参作此诗送别。这位刘判官可能就是刘单，岑参同时期还写有《武威送刘单判官赴安西行营便呈高开府》；刘单为天宝初进士，其他不详。“判官”是官名，节度使、观察使、防御使等的僚属。“碛西”指安西都护府。本诗以想像中的两个行军镜头来壮友僚的行色，在送别诗中颇为别致。

武威送刘判官赴碛西行军 诗意图　王兴华 绘

【句 解】

火山五月行人少，看君马去疾如鸟

此二句用对比的手法，对刘判官的勇武加以赞美。刘判官此行是在夏季五月，中途要经过火山。“火山”，即今新疆吐鲁番的火焰山，海拔四五百米，色红如火。盛夏的塞外，光是听到“火山”之名就足以让人裹足不前。作者曾在另一首《火山云歌送别》中描写过夏日五月时火山那让人望而却步的炎炎热气：“火山突兀赤亭口，火山五月火云厚。火云满山凝未开，鸟飞千里不敢来。”如此炎热，甚至连鸟都不敢飞过，更不要说行路之人了。而那里正是刘判官赴军的必经之地，再看刘判官，“马去疾如鸟”，一往无前，是何等的勇敢矫健！以“看”字领起，仿佛可以听到诗人的啧啧赞叹之声。用鸟来形容奔马疾驰如飞，并且在视野中变得越来越小，也极为形象。

都护行营太白西，角声一动胡天晓

“都护行营”，指高仙芝部的军营，因作战时流动不定，故称行营。“太白西”，意谓行营远在太白星的西边，形容其遥远，据《史记·天官书》：“察日行以处位太白，曰西方。”这样描写，可以唤起一种宏大雄壮的感觉，似乎唐军的威势直冲霄汉，接地连天。“角声”一句是作者遥想军营之晨的情景。按常理，本来是拂晓在先而吹角在后，作者却倒果为因，仿佛是一声号角将胡天惊醒而破晓，这就显示了唐军将士回旋天地的凌云壮志，象征着只要唐军一声号令，便可一扫满天的阴霾，使西域重见天日。

评 解

岑参所写的送别诗很多，大多不落俗套，新意迭出。送别诗一般从眼前起笔，所写多实见之景，当下之情。本诗却与众不同，人尚在武威，离碛西还很远，作者的心思就已飞到了遥远的火山和更远的行营。

五月炎天，连鸟都不敢飞过火山，更何况行人。但就有这么一个勇敢的壮士刘判官，跨着奔马，如飞鸟疾驰而过。而在那极远的安西行营里，又将会是一种怎样的场景呢？清晨一声号角就可以使胡天破晓，何等雄壮！诗人不叙惜别之情，不表祝愿之意，不作儿女沾巾低回之态，而是以想像中的行军画面来为刘判官壮行，惜别与祝捷之意自然见于言外。在送别诗中，这确

实堪称别具一格。

整首诗就是由两个想像的画面组成的。这两个画面初看没有必然的联系，如果没有题目，人们很难从诗的内容中猜出作者的意旨。这写法简直有点像当代的朦胧诗，又有点像电影中的蒙太奇镜头组接，中间的空白需要读者用自己的想像去填充。

这首诗题为送别，但从半路写到终点，就是没有写起点，看不到一点武威送别现场的影子，这颇耐人寻味。可以说，岑参的生命理想是指向未来的。近人梁启超在《少年中国说》中说："老年人常思既往，少年人常思将来。惟思既往也，故生留恋心；惟思将来也，故生希望心。"岑参就是一个面向未来、持有少年心态的诗人，这也正是盛唐的时代风格。

与高适、薛据同登慈恩寺浮图

塔势如涌出，孤高耸天宫。
登临出世界，磴道盘虚空。
突兀压神州，峥嵘如鬼工。
四角碍白日，七层摩苍穹。
下窥指高鸟，俯听闻惊风。
连山若波涛，奔凑似朝东。
青槐夹驰道，宫馆何玲珑。
秋色从西来，苍然满关中。
五陵北原上，万古青濛濛。
净理了可悟，胜因夙所宗。
誓将挂冠去，觉道资无穷。

题解

天宝十一载（752）秋天，岑参自安西回京述职，与高适、薛据、杜甫、储光羲等几位诗友出城郊游，来到慈恩寺，拾级而上，触景生情，遂吟诗唱和以助兴。当时五人各作一首，除薛据一首失传外，其余都保存了下来。

与高适、薛据同登慈恩寺浮图 诗意图　汪国新 绘

慈恩寺是唐高宗李治作太子时为其母文德皇后所建，故称“慈恩”。慈恩寺浮图即慈恩寺塔，又称大雁塔，在今西安市南郊；“浮图”，又称浮屠、佛图，是梵语佛塔的音译。慈恩寺是当时长安一景，文人墨客多有题咏。岑参的这一首登临之作意境高远，气象万千，为描绘帝都风景的佳作。

【句 解】

塔势如涌出，孤高耸天宫

自下而上仰望，只见巍然高耸的宝塔拔地而起，仿佛从地下涌出，傲然耸立，直达天宫。用“涌”字来形容静态的大雁塔，极富动态和生机。“孤高”一词则显出卓然不群的气势。至于上达天宫，又暗示着对世俗的超越和某种神奇色彩。《妙法莲华经·见宝塔品第十一》中记载，佛说此经（《妙法莲华经》）时，“尔时佛前有七宝塔，高五百由旬，纵广二百五十由旬，从地涌出，住在空中，种种宝物而庄校之”。从下文的出世之想来看，此二句写涌出的宝塔上接天宫，也暗用佛经典故。

登临出世界，磴道盘虚空

此二句写踏着台阶逐渐登上塔顶时的感受，既写塔高，又暗喻佛道的境界。“世界”一词本是佛家用语，世指时间，界指空间。塔再高也在“世界”之中，但作者说“出世界”，则含有超脱于尘世的意思。“磴道”是石头台阶，作者围着塔身拾级盘旋而上，如同走进广阔无垠的宇宙。“盘”字落得很实，而“虚空”却是不可把握的。《楞严经》卷二：“如以手掌撮摩虚空，只益自劳。虚空云何随汝执捉？”而作者形容此塔是围绕虚空而建，是有意识地将慈恩寺塔与佛理联系得更紧密。

突兀压神州，峥嵘如鬼工

作者登上塔顶，居高临下，何止“一览众山小”，似乎整个神州大地都尽收眼底。“压”字有一种无法抗拒的气势。“峥嵘”，本意指山高峻突兀，这里用来赞美宝塔造势之奇，非人力所能为，真可以说是鬼斧神工。此二句写慈恩塔的雄伟气势，可以想见，诗人的心胸也随着视野的开阔变得阔大起来。

四角碍白日，七层摩苍穹

“四角碍白日”可以有两种理解：“碍”字如解释为遮蔽，则是说大雁塔四面的檐角伸展开来，可以遮蔽太阳，这是形容其“阔”；“碍”如解释为阻碍，则是说塔顶的四角深入高空，甚至可以挡住太阳运行，是极写其“高”。“摩”，意为迫近，与今人所谓“摩天大楼”的“摩”取意相同；“苍穹”，蓝天，“穹”有屋顶的意思，如《敕勒歌》所谓“天似穹庐”。这座七层宝塔是如此之高，给人接近天顶的感觉。这两句和下两句都用了对仗，是定点观察景物时常用的铺排手法。

下窥指高鸟，俯听闻惊风

“高鸟”是站在地面上的人的习惯用法，人们对飞鸟是习惯仰望的。但现在作者站在七层宝塔之上，要“下窥”才看得到鸟，而且还要指指点点的才能让别人看见，可见飞鸟离塔顶还差得很远，此塔之高自不待言。而在塔上，风声也要俯下身来才听得见，与地面上的仰听也很不同。这二句是以与日常生活经验反差强烈的感受来描写宝塔的雄伟高大。

连山若波涛，奔凑似朝东

诗人乍临塔顶，先感受到其高，然后他纵目看远处的景物。作者首先向东望去，远山层层起伏相连，有如波涛向东奔涌入海。后来元人张养浩经过潼关时说“峰峦如聚”，也是相同的感受。这是以动笔写静景，充满活力。

青槐夹驰道，宫馆何玲珑

这一句写诗人南望所见。汉唐立都于北方，正合乎帝王面南背北以治天下的形势。秦始皇统一中国之后设驰道（可驰车马的大道），据说有五十步之广。到了唐代，长安的交通更是四通八达。大路旁边种着两列青青的槐树，如果在地面上看是很难有“夹”的感觉的。但站在大雁塔上看，驰道就“缩小”了，两排槐树给人以紧凑的感觉。至于那巍峨的宫殿，更好似具体而微的模型，所以作者用了“玲珑”一词来形容它。这两句写近处所见，依然暗寓一个“高”字。世间的一切景物因为距离很远而显得渺小了，这正是世外“高”人看尘世的感受。

秋色从西来，苍然满关中

这两句写西望所见，同时点明时令。依传统的五行学说，秋属金，西方亦属金。秋天刮西风，多萧杀之感，秋风吹送，苍茫的秋色布满关中。写“秋色”自己“西来”，显得非常生动。“关中”，古代指函谷关以西，属于今天陕西中部地区，也包括长安在内。

五陵北原上，万古青濛濛

这两句是写北望所见。渭水北岸立着汉家五位天子的陵墓，它们是长陵（高祖）、安陵（惠帝）、阳陵（景帝）、茂陵（武帝）、平陵（昭帝）。极目望去，只见青濛濛的一片；“濛濛”，苍茫的样子。值得注意的是“万古”一词，本是眼前之景，为何要说到“万古”呢？作者并不是在赋予五陵以历史的沧桑感，发怀古之幽情。他的视线围着塔身转了一圈，最后落在陵墓上，是有深意的：这万古青濛濛的陵墓，令人想到古诗中“潜寐黄泉下，千载永不寤”之类的感慨。诗人由陵墓想到生命的终结，也以此收结自己对尘世的检视。由此，作者最后归结到佛家的信仰，也算是水到渠成。

净理了可悟，胜因夙所宗

慈恩寺塔是佛教建筑，因而作者在结尾表达了对佛教的信仰和皈依之情。所谓“净理”，就是佛家的清净之理，佛家谓远离烦恼为清净；而生死事大，非皈依佛家不能得到彻底解脱，“了可悟”即“可了悟”，可以透彻地领悟。“胜因”，佛家认为善因得善果，恶因得恶果，胜因是一种特殊的善因；“夙”，早；“宗”，尊崇、信仰。诗人指出，殊胜的善因（胜因）很早就是自己所崇奉的。

誓将挂冠去，觉道资无穷

诗人因登临慈恩塔而生出世之想，乃至想要挂冠归隐。挂冠用的是《后汉书·逢萌传》的典故，逢萌因受到王莽的迫害，为免祸而挂冠于东都城门，携家浮海，客于辽东；后来就用挂冠来形容辞官不做。“觉道”，觉悟大道；“资”：凭藉，取用。诗人欲以佛理为最后的凭藉和归宿，因为佛理不生不灭，应用无穷。

评解

这首诗描写慈恩寺塔的雄伟壮观和作者的登临感受，表达了对佛理的皈依之情。

作者首先写地面上对宝塔的感受，平地之间，突然出现一座高塔，像泉水一样突然涌现，给人以神奇之感。接下来写登塔，沿着石级盘桓而上，犹如在天空中盘旋，一步一步超脱了人世。到了塔顶之后，先写其“高”，摩天碍日，下指飞鸟；后写其“远”，叙四方远望所见。作者的观察是围着塔身东南西北转了一个圈，八句诗写了四个方位：东方生机萌动，南方气象盛大，西方风物萧杀，北方千载寂寞。这恰恰有如从生到死的一个轮回，即佛家所说的“成住坏空”四大阶段。置身于高高的塔顶，俯视万象，那种超脱之感自然会使人发出对世事人生的感悟，加上慈恩寺塔正是佛教胜境，因而由佛理而悟道，如大梦之初觉，也就显得自然而然了。

当然，岑参当时的际遇和心情也影响了这首诗的思想倾向。从首次出塞到写作此诗时，他在高仙芝幕中已经两三年了，但并不得志，这难免让他产生一种失落之感。这个时候，他更容易从佛家的出世思想中获得安慰和解脱。

相比之下，高适、储光羲的同题之作带有雅致平和的都城诗风，杜甫同时所作的诗则以隐喻的方式表现出对大乱将兴、山河破碎的隐忧。清人沈德潜认为，在这一组同题作品中，岑参的这一首是仅次于杜甫的佳作：“登慈恩寺塔诗，少陵下应推此作。高达夫、储太祝皆不及也。”（《唐诗别裁集》卷一）可谓中肯之论。

送杨瑗尉南海

不择南州尉，高堂有老亲。
楼台重蜃气，邑里杂鲛人。
海暗三山雨，花明五岭春。
此乡多宝玉，慎莫厌清贫。

题解

从所写内容来看，这首诗可能是诗人第一次出塞之后还居长安时所作；也有人认为是大历元年（766）诗人入蜀前所作。杨瑗，未详其人。“尉”，这里用作动词，任县尉；“南海”，县名，今属广东；“尉南海”就是赴任南海县尉。本诗一题《送张子尉南海》。这是一首送别诗，诗人对将要前往荒远的南州任县尉的友人表示理解和同情，并委婉地致以劝慰之意。

送杨瑗尉南海 诗意图　杨立对 绘

【句 解】

不择南州尉，高堂有老亲

“不择”，不加挑拣，犹言不嫌。“高堂”，指父母所居的正室。这两句说，杨瑗因为家中有年老的父母须要奉养，所以不嫌南海荒僻而赴任，孝情可感。古人有亲老不择官的说法，《说苑·建本》：“子路曰：‘负重道远者不择地而休，家贫亲老者不择地而仕。’”本诗即用其意。这两句在赞美杨瑗孝顺老亲的同时，已经暗含了不宜前去南海为官的意思；如果不是父母年老，当官是不会选择这样的荒蛮之地的，更何况不过是县尉这样的小官。

楼台重蜃气，邑里杂鲛人

这两句言南海的风土人情，与中原大地不同。“蜃气”，即海市蜃楼，古人误认为是蜃（传说中蛟一类动物）吐气所致。南海因为临海，所以有重重叠叠的海市蜃楼，如《史记·天官书》中所说，“海旁蜃气象楼台”。同时因为南海地处偏远，邑里（即城乡）居民多有外族混杂。“鲛人”，传说中海底的人鱼，晋张华《博物志》卷二：“南海外有鲛人，水居如鱼，不废织绩，其眼能泣珠。”后世多认为鲛人就是美人鱼。而此处提及“鲛人”，意在强调其地独特的风土人情。这两句描写南海的奇异风物，自然有岑参好奇的因素，但主要还是形容其地荒蛮，不适合北方人居住。

海暗三山雨，花明五岭春

这两句继续描写南海的风物，色彩则趋于明朗。海边夏雨气象阔大，岭上春花色彩鲜明。律诗中的第三联是要“转”一下的，作者也不愿过多渲染南海生活环境不如人意，毕竟还是要安慰一下远行者，所以又从劝慰的角度讲此处风景之美。“三山”，在南海县境，临江三峰并峙，高三十余丈，在今广州市南。“五岭”，大庾岭、骑田岭、都庞岭、萌渚岭、越城岭的总称，在今两广边境，是南方最大的山脉。

此乡多宝玉，慎莫厌清贫

诗人在尾联对杨瑗亲切嘱咐：南海这个地方多产宝玉，你千万不要嫌厌那里生活的清贫啊！“此乡”，指南海，当时南海多产珍宝珠玉。诗人语气如此沉重，本意是要朋友转换心态，结果反而可能强化对方忧远伤别的心理；不过从中可以看出诗人对朋友一片殷勤珍重的关怀之意。诗人下笔也有

言外之意，既然南海多宝玉，何必加一“慎”字？可见他真正的意思是希望杨瑗以节操清廉为重。

评解

岑参结束第一次出塞回到长安之后，曾经僻居终南山，写了一些赠答、送别的篇什，本篇就是其中之一。诗人把对岭南风情的描写和对朋友的关怀之意结合起来写，读来别有风味深情。

在唐代，今天的两广地区还是尚未开化的蛮夷之地，说起来也算是“边塞”了。只不过那里并没有成就功名的机会，派去那里做官，多数情况下是一种贬谪和惩罚措施。韩愈被贬谪潮州时心情就极度郁闷，担心自己不再能生还，写诗对侄孙韩湘说：“知汝远来应有意，好收吾骨瘴江边。”所以当朋友要去南海做一个小小的县尉时，岑参赠别的基调就是同情和安慰。

首联说明杨瑗之所以不嫌南海偏远而前去任职，只不过是因为上有高堂父母须要奉养，所谓亲老不择官，既暗含怜悯之意，又含蓄地赞美了杨瑗的一片孝心。颔联描写南海风物。海市蜃楼在今人看来乃是人间胜景，但在南海这个特定的环境里，未尝不是边远怪异之象，如韩愈所说：“涨海连天，毒雾瘴氛，日夕发作。”（《潮州刺史谢上表》）而当地居民也多“非我族类”的鲛人，未尝开化，很难交流。设想朋友就要到这样的地方去生活，虽只是平实写来，而矜悯之情，自然流露于言外。颈联情境为之一转，写南海风景亦有足以赏心悦目者：三山落雨，阴云压着大海，天地为之一暗；五岭春来，阳光照着花朵，耳目为之一新。此情此景，清新可喜。作者婉曲劝人之意，也足以感人。最后，他担心朋友厌恶南海清贫，还特地嘱咐：“此乡多宝玉，慎莫厌清贫。”而“慎莫”一词中的殷勤劝慰之意，也溢于言表。

春 梦

洞房昨夜春风起，
遥忆美人湘江水。
枕上片时春梦中，
行尽江南数千里。

题解

这首诗载于《河岳英灵集》中，《河岳英灵集》是盛唐时殷璠所编的一部唐诗选集，所收作品截止到天宝十二载（753），所以此诗必定作于该年以前。从写作内容和风格来看，大体上可以确定是作于岑参索居长安时期。这是一首代言体的诗歌，写一位深居闺中的少妇，因相思而成梦，片时游历江南山水，与丈夫欢会。此诗想像奇特，意境清新，秀词丽句，一往情深。

春梦 诗意图　萧惠珠 绘

【句 解】

洞房昨夜春风起，遥忆美人湘江水

春回大地，世间每一个角落都有春的气息。闺中的少妇虽然独居深室，也能感到春风兴起。“洞房”指深隧的内室。洞房里的春风，让女主人公想起了远隔湘江的美人；如此良辰美景，不能相聚游赏，岂不遗憾？难怪春光美好，她却不走出来踏青，原来是心有所思。洞房环境封闭，女主人公的神思却飞到了湘江，于是诗歌的境界也就随之打开。“遥忆美人”，有的版本作“故人尚隔”；“湘江”，水名，在今广西、湖南境内，这里指湖南湘江以南。“美人”是《楚辞》里的名词，与“湘江水”非常协调；这里的“美人”是泛指，联系本诗内容，很可能指主人公眷念的男子。

枕上片时春梦中，行尽江南数千里

上两句讲美人遥不可见，这两句则谓枕上片时春梦，已行尽江南千里之地，与对方相遇。江南千里为人们留下了无边的美好想像，独居深室的慵懒不见了，急切的心情化为飘飘的梦中之身。幽幽的思念之情本来是容易使人感到压抑的，梦境的飘逸与神奇却转化了相思的情态，使人感到惝恍迷离，美不胜收。宋代词人晏几道有一首《蝶恋花》说：“梦入江南烟水路，行尽江南，不与离人遇。”深情宛转，意味无穷，正是从岑参这两句诗点化出来的。“江南”，唐代置江南道，辖四十余州，包括今长江以南苏、鄂、皖、浙等大部分地区。在本诗中“江南”特指第二句所言“湘江水”，即美人所在的地方。

评 解

读这首诗，首先应该解决抒情主人公的性别问题。诗中主人公梦忆“美人”，这个词在古代汉语中含义比较宽泛，既可以指女子，也可以指男子。但洞房这种环境，一般来说是闺阁中女子所处。尽管有的版本“美人”作“故人”，但主人公在洞房的枕上，于春梦中思念老友，如果将这位主人公理解为男子，于情于理都有所不合。更何况“美人”一词来自《楚辞》中屈原的自称，将“美人”设想为男子，与全诗的意境也极为协调。所以，还是将本诗理解为一首代言体诗歌为宜，诗中的主人公是一位独处洞房的少妇，她所思念的“美人”是她的丈夫。这样理解就比较合情合理。

俗语说，日有所思，夜有所梦。昨夜，春风吹进了深邃的洞房中，春天已经悄悄地来到。直到春风吹入洞房才知道春色已满人间，可见这位女子因寂寞无聊而一直深居简出。春风吹动春情，季节的变换引起了感情的波动，面对这美好的季节，女子想到在湘江之滨的情郎。只是人在天涯，千里之地非朝夕可到。一个“遥”字，也写出了绵绵思念之悠长。就在读者与之一起感叹情人可望而不可即的时候，诗人却下笔轻轻一点，将女子带入枕上春梦中，虽只片刻功夫，这位女子就已行尽了江南的数千里山水。女主人在枕上轻轻松松地见到日夜遥忆的“美人”，谁能说此时此刻的她不是人间最幸福的人呢？这两句既写出梦中的迷离惝恍，也暗示出平日的厚意深情。

岑参是一个豪放的诗人，是一个马上求取功名的豪士，因而他的大部分诗歌都有着顶天立地的大丈夫气，充满英雄主义气概。但他的才情是多方面的，对闺中女子的春梦情思，他同样能给予如此细致入微的表现。作者惊人的想像力、精妙的艺术技巧，令人叹为观止。

凉州馆中与诸判官夜集

弯弯月出挂城头，城头月出照凉州。
凉州七里十万家，胡人半解弹琵琶。
琵琶一曲肠堪断，风萧萧兮夜漫漫。
河西幕中多故人，故人别来三五春。
花门楼前见秋草，岂能贫贱相看老？
一生大笑能几回，斗酒相逢须醉倒。

题解

天宝十三载（754），岑参第二次出塞，赴北庭都护府封常清幕中任判官。途经凉州时，与河西节度使幕府中诸位旧友夜集宴饮，写下这首诗。天宝十一载高仙芝改任河西节度使时，岑参曾暂驻凉州，结识了一些朋友；第二年哥舒翰任河西节度使，其僚属如高适、严武等也都是岑参的朋友。当岑参再次途经凉州时，就有许多朋友前来迎送，诸人大都担任判官之职。“馆”指驿馆，客舍；“夜集”，夜里聚餐宴会。本诗把边塞生活的情调和诗人的人生感慨以及强烈的时代气息结合起来，意境苍凉，感情豪放，内涵丰富。

凉州馆中与诸判官夜集 诗意图　张明石 绘

【句 解】

弯弯月出挂城头，城头月出照凉州

起笔从眼前所见之景写起，首先出现的是城头弯弯的月牙；月亮逐渐升高，清冷的月光照着凉州城。“弯弯”二字形容月牙，很有情致：唯其弯弯，所以可以“挂”在城头，可以想见水墨似的天空背景下剪影似的画面。弯月给人以淡淡的寒意，“虽然不得团圆象，也有清光照九州”，它给“凉州”这个塞外苍凉之地似乎又增添了几分凄凉。

凉州七里十万家，胡人半解弹琵琶

夜色加深，诗人开始从听觉的角度写凉州人的夜生活。唐前期的凉州是西北重镇，据《元和郡县志》记载，凉州城“城不方，有头尾两翅，名为鸟城。南北七里，东西三里”。又据《旧唐书 · 地理志》天宝年间的统计数字，凉州“领县五，户二万二千四百六十二，口十二万二百八十一”，因而作者说“七里十万家”是有事实依据的，并不纯属夸张之笔。凉州地处边塞，居民中少数民族很多。他们能歌善舞，多半会弹奏琵琶。“半解”，一半人懂得。初一看，入夜的凉州城琵琶声起，一片急管繁弦，带着浓郁的边地情调，应该是很热闹的场面；但细玩诗意，给人的感觉依然是一片寂寥，因为诗人只能旁观胡人的快乐，却无法介入。

琵琶一曲肠堪断，风萧萧兮夜漫漫

琵琶声悲切动人，使人断肠。夜色渐深，西风萧萧，让人觉得长夜漫漫，难以度过。此时诗人的情感已经随着夜色加深而低沉到了极点。“风萧萧兮夜漫漫”，用一个“兮”字和叠字“萧萧”、“漫漫”，使节奏舒缓下来，以配合诗人低沉的情绪。“萧萧”，形容秋风之声悲凉，如荆轲《易水歌》“风萧萧兮易水寒”。

河西幕中多故人，故人别来三五春

此句转写与诸友“夜集”，凄凉的背景顿时有了人情味，情调为之一变。“河西幕中”即凉州馆，因为凉州城是河西节度使所在地；“故人”就是题目中所称“诸判官”。天宝十载（751），岑参在河西节度使高仙芝幕府时曾暂居凉州，认识了一些朋友。岑参此次前往北庭都护府，时任河西节度使哥舒翰的幕僚如高适、严武等又是他早年的朋友，所以说是“多故人”。

两句顶针重复“故人”二字，足见情谊深厚。因为“多故人”，与各人分别的时间三年五年不尽相同，所以笼统说“三五春”，下语是经过斟酌的。

花门楼前见秋草，岂能贫贱相看老

“花门楼”，凉州客舍之名，参见前面《戏问花门酒家翁》一诗的解说。当年诗人初到凉州的时候，正是春天；现在又一次经过这里，却见到了枯黄的秋草。秋草很容易给人一种青春老去的感觉，诗人触景生情，一面感叹年华流逝得太快，一面勉励故人应及时努力，哪能互相看着在贫贱中老去呢？这里有两层意思，一是不甘贫贱，二是相互劝勉。“相看”二字写出了故人之间相互关照的友情。

一生大笑能几回，斗酒相逢须醉倒

末两句描写宴会场景。诗人豪言，人一生也难得几回大笑，朋友相见机会难得，所以“斗酒相逢须醉倒”！写到这里，全篇诗意为之一振。从语气上讲，诗人在最后连着用了两个反问句，这种昂扬的气势显然有助于提起全体在场人的精神和兴致。从措辞上讲，“大笑”、“斗酒”、“醉倒”都是豪放之语，显得气势磅礴。

评解

这首诗是岑参第二次出塞经过凉州城时所作。这一年他四十岁，正是孔子所说的“不惑”之年，心态比几年前第一次出关时明显成熟多了。四十岁对于生命来说，是青春的余绪，暮齿的前奏，朝气与暮气并存。对于岑参来说，也是他失望与希望并存的时期。在安西的几年，他并没有能施展自己的抱负，不免有些失落。现在，又要前往北庭，虽然希望也不见得比安西之行更大，但毕竟是一次新的建功立业的机会，自然也会有些憧憬。这种交织着失望与希望的心态，是本诗的心理背景，因此读者在本诗中能看到悲凉中的振作和振作中的悲凉，情感内涵非常复杂。

本诗整体上可以分成两部分。前六句写凉州环境，勾勒出凉州的地理特征与风土人情。一个秋天的夜里，诗人与故友在边地凉州相逢聚饮。此时弯月升空，照着孤独的凉州城。胡琴、琵琶声起，让人感到这里的异族风情，听后倍觉凄凉。后六句写宴集情形，虽是西北边疆，但毕竟多有故人在此。别来既久，又见秋草，诗人深感岁月催人老，自然引出相逢醉倒之意。因为是边塞相逢，而大家又都是为了建功立业才到这里来的，谈话的主题就不能仅仅是离愁别绪，还要有所作为，所以后半部分的情调相对于前半部分，就有一种刻意的提升。“花门楼前见秋草，岂能贫贱相看老”不仅仅是叹老嗟卑，更是激励诸人积极进取，奋发向上。同样，“须醉倒”也不仅仅是借酒浇愁，同时还是以豪饮助豪情。“一生大笑能几回”的笑，应该是爽朗健康的笑，充满自信和希望的笑，一洗全篇的低沉之气。于孤苦悲凉之中能做豪放之语，正是边塞诗派大家岑参的本色，所以宋代诗论家严羽说“高岑之诗悲壮”（《沧浪诗话》）。

这首诗在艺术上也很有特色，基本上句句用韵，并多用顶针接字的手法，蝉联而下，造成复沓回旋的声情，深得民歌风韵。

白雪歌送武判官归京

北风卷地白草折，胡天八月即飞雪。
忽如一夜春风来，千树万树梨花开。
散入珠帘湿罗幕，狐裘不暖锦衾薄。
将军角弓不得控，都护铁衣冷难着。
瀚海阑干百丈冰，愁云惨淡万里凝。
中军置酒饮归客，胡琴琵琶与羌笛。
纷纷暮雪下辕门，风掣红旗冻不翻。
轮台东门送君去，去时雪满天山路。
山回路转不见君，雪上空留马行处。

题解

此诗是一首咏雪送人之作，可能作于天宝十三载（754）八月。岑参第二次出塞，是到北庭节度使封常清的幕中出任判官，武判官或许即他的前任。“京”指京城长安。“白雪歌”相传是黄帝时的琴曲，楚大夫宋玉对楚襄王说：“有客歌于郢中，歌阳春、白雪，国中和者数十人。”唐高宗显庆二年(657)，太常寺乐官取高宗所作雪诗，依旧传琴曲谱成《白雪歌》曲进呈。岑参此诗歌咏边塞雪景，以“白雪歌”为题，是借用乐府歌曲名，“送武判官归京”才是诗题。在中国古代边塞诗中，本诗是久负盛名的佳篇。

白雪歌送武判官归京 诗意图　戴敦邦 绘

【句 解】

北风卷地白草折，胡天八月即飞雪

此诗开篇就出语不凡，“北风卷地”四字，妙在由风而及雪。先描写塞外劲风，未写及白雪而诗句中已全是飞雪之精神，真所谓“笔所未到气已吞”。“白草”，有人认为即席萁草，又称芨芨草，为西域所生长的牧草，生于荒滩沙土中，茎杆高大坚韧，密集丛生，成熟后呈白色；白草经霜，根茎变得干脆，但被风吹折，也可见风势之猛烈。中原八月正是秋高之时，而在北地已是漫天飞雪，“胡天”指西域。“胡天八月即飞雪”，一个“即”字，传神地表现了新来之人少见多怪的惊奇口吻。

忽如一夜春风来，千树万树梨花开

乍一看，塞外苦寒，北风吹雪，没有一点生机。但诗人“妙手回春”，以“春风”使梨花盛开来比喻白雪挂满寒枝的景象，极为新颖贴切，几乎使人忘记奇寒而内心感到一阵喜悦与温暖，造境可谓奇绝。“忽如”既说明“胡天”天气变幻无常，同时也表达了诗人的惊喜之情。“千树万树梨花开”，意境壮美，颇富浪漫色彩。岑参又有《送杨子》诗云“梨花千树雪”，匠心略同，意境亦佳，奇趣则逊此三分。

散入珠帘湿罗幕，狐裘不暖锦衾薄

诗人从帐外写到帐内。北风把雪花吹进帐篷里，使人感到特别的寒冷。看来军中对这场忽然降临的大雪也没有准备，用的还是珠帘而不是毡帘，帷幕也还用的是薄薄的丝罗所制成的，显然无法御寒。“珠帘”，用珍珠缀成的帘子；珠帘有空隙，所以被北风吹散的雪花能够钻进帐篷里，打湿罗幕。帐篷里的寒冷可想而知，乃至“狐裘不暖”，“锦衾”也只觉单薄。“狐裘”，狐皮袍子；“锦衾”，锦缎被子。

将军角弓不得控，都护铁衣冷难着

这两句进一步通过军人的感受，具体而真切地描写了北地的奇寒。天冷之后，人的手冻得不太好使，乃至膂力过人的将军，居然拉不开角弓；都护平素都是铁甲在身的，而此时也觉得铁衣冷得难以穿上。这样冷的天气真叫人闻而生畏，而好奇的诗人对此津津乐道，使人不感其苦，倒觉得冷得新鲜，寒得有趣。“都护”，官名，这里指军中主将，亦即北庭节度使封常清；汉代起在西域设都护之职，颜师古注说“‘都’犹总也，言总护南北之道”。“角弓”是

用兽角装饰的硬弓。这两句中“将军”和“都护”互文见义。

瀚海阑干百丈冰，愁云惨淡万里凝

场景再次移到帐外，延伸到广远的山崖和辽阔的天空。“瀚海”，维吾尔语中指山中险隘深谷，这里指天山峡谷的山崖峭壁；瀚海也指沙漠，但此处用“沙漠”这个意思似乎不甚切合诗意。“阑干”是形容冰川纵横的样子。高山深谷之中，瀑布和流水都冻结成冰，有百丈之高，此景也是内地人绝少见到的。而冬云横压万里，浓重稠密，似乎也被寒气冻得凝结住了。这种大西北瑰奇壮丽的冰天雪地的场景，同时也是“送武判官归京”的特定环境。“愁”字对离别分手作了隐约的暗示。

中军置酒饮归客，胡琴琵琶与羌笛

以下正面写送别主题。中军主帅置酒设宴，为“归客”武判官饯行，席间胡乐齐鸣。“琵琶”、“羌笛”都是西域少数民族的乐器，“胡琴”则泛指西域所使用的琴。“胡琴琵琶与羌笛”句，并列三种乐器而不写音乐本身，句法似拙实巧，颇能传达一种急管繁弦的感觉，以及“总是关山旧别情”的意味。这些边地之器乐，别有一番边地风情，给送别染上了浓厚的边塞特色。

纷纷暮雪下辕门，风掣红旗冻不翻

喝完酒之后，武判官该动身了。一起走到军营大门的时候，已是傍晚时分，雪还在纷纷地下着，风依然在呼呼地刮着。红旗已被冻硬，强劲的北风居然不能将它曳动，这一生动而反常的细节再次传神地写出天气的奇寒。“掣”，拉，牵曳；“翻”，翻卷，飘动。这一句是从隋代虞世基《出塞》“雾烽暗失色，霜旗冻不翻”的诗句化来，强化了风的力度和旗的硬度，使整个画面更加生动。以白雪为背景的一面红旗，是寒冷画面上的一点暖色，白的更白，红的更红，色彩对比极为鲜明，引人注目。

轮台东门送君去，去时雪满天山路

“轮台”是地名，在今新疆乌鲁木齐东北的米泉县境。武判官回京是一路东行，所以要在轮台“东门”送他离去，这个细节在读诗时也须注意。自轮台东归长安，需翻越天山，所以作者的视线集中于“雪满天山路”，此中暗含一片关怀之意：大雪封山，朋友如何行走呢？

山回路转不见君，雪上空留马行处

结尾两句极其动人，路转峰回，行人在视野中消失，而诗人还在深情地目送。朋友离去了，只留下满是积雪的路上渐行渐远的蹄印，把诗人的惜别之情拉向远方，悠悠不尽。此处情致与李白《送孟浩然之广陵》中“孤帆远影碧空尽，唯见长江天际流”极为相似，而其意境则带着西北雪域边塞的特殊风味。把依依送别的诗写得这样奇丽豪放，正是岑参浪漫乐观精神气质的表现。

评解

岑参第二次出塞已四十岁，但因为受知于主帅封常清，精神面貌与第一次出塞从戎时截然不同，可以说迎来了他人生的第二个春天。他的诗歌创作也在这时达到了一个高潮，大部分边塞诗都作于此时，几乎篇篇都是佳制。积极向上的进取精神和生性好奇的性格，使他的边塞诗形成了自己独特的风格。他的诗中洋溢着乐观自信、昂扬奋发的人生态度，荒凉的西北边疆在他的笔下也变得丰富多彩。在这种情绪影响下，他完全融入了边塞生活，那种不能进入状态的陌生感和失落感已经很少见了。本诗借送别来描写西北塞外雪天景色和将士们的边塞生活，在歌咏自然风光的同时表现了雪中送人的真挚情谊。此诗内涵丰富，风格雄奇而飘逸，笔力矫健而峭拔，意境新奇而壮美，充满浪漫主义的情调，具有极强的艺术感染力。

全诗可分为两层：前面十句，作者以如椽巨笔描绘出边疆的风雪奇景和将士们艰苦的军旅生活；后面八句，描写了饮酒设乐的送别场景以及一路风雪送行的情景，隐约透露依依惜别之情。作者用了一半的篇幅来描写大西北的雪景和奇寒，作为送别友人还京的背景，把雄奇的景象和送别的深情巧妙地融为一体。层次的安排、场景的变换都独具匠心。作者利用换韵与场景画面的交替配合，形成跌宕多姿的节奏旋律。这是歌行体诗歌的重要特点之一，岑参将它发挥得淋漓尽致。

充满奇情妙思，是此诗的主要艺术特色。杜甫在《渼陂行》中说“岑参兄弟皆好奇”，清人翁方纲也说：“嘉州之奇峭，入唐以来所未有。又加以边塞之作，奇气益出。”（《石洲诗话》）诗人用独特的观察力和感受力捕捉边塞奇观，大笔挥洒，再现了边地瑰丽的自然风光，诗中充满浓郁的边地生活气息。以火辣的心肠写寒冷的冰雪，形成一种特殊的张力，使人感到寒而不苦，冷而有趣。诗人笔下充满对异域风光的惊喜心态，典型地体现了岑参诗歌“奇逸而峭”的基本风格。尤其是“忽如一夜春风来，千树万树梨花开”两句，于塞外萧瑟寒冷的环境中，描画出一种充满生机与活力、令人神往与陶醉的奇美景象。

轮台歌奉送封大夫出师西征

轮台城头夜吹角，轮台城北旄头落。
羽书昨夜过渠黎，单于已在金山西。
戍楼西望烟尘黑，汉兵屯在轮台北。
上将拥旄西出征，平明吹笛大军行。
四边伐鼓雪海涌，三军大呼阴山动。
虏塞兵气连云屯，战场白骨缠草根。
剑河风急雪片阔，沙口石冻马蹄脱。
亚相勤王甘苦辛，誓将报主静边尘。
古来青史谁不见，今见功名胜古人。

题解

为了安定西部边疆，北庭节度使封常清曾几次率兵出征。有人认为此诗作于天宝十三载（754）冬封常清出兵西征播仙（故地在今新疆且末县附近），但也有人认为此诗与《走马川行奉送出师西征》中所说的“西征”于史无考，且内容与诗人另外一组诗《献封大夫破播仙凯歌六章》不合，应该不是征播仙时所作。不管具体所指如何，这首诗当作于天宝十三载或十四载九月，是岑

轮台歌奉送封大夫出师西征 诗意图　许甫金 绘

参为封常清送行时所作。诗歌表现了唐军在艰苦的自然环境和严酷的战争生活中的昂扬斗志和必胜信心，气势雄浑，风格悲壮。“轮台”，据《旧唐书》记载，北庭都护府有轮台县，在今新疆乌鲁木齐市东北米泉县境；“封大夫”，即封常清，他于天宝十一载（752）入朝，加御史大夫之职。

【句 解】

轮台城头夜吹角，轮台城北旄头落

开头直接从战阵入手，两句连用“轮台城”开头，造成迫切的语势，营造出笼罩此城的战斗气氛。轮台驻地的城头，角声划破夜空，表明部队已进入紧张的备战状态。“旄头”，旄头星，即二十八宿中的昴星，天象中指胡星；古代军中有夜观天象的传统，作为行军打仗的参考。旄头跳跃预示胡兵大起，而“旄头落”则预示着胡兵覆灭。将“夜吹角”与“旄头落”两种现象联系起来，既有空间对峙的意味，又暗含战则必胜的信心，意谓唐军角声一吹，胡兵败局已经注定。又好似是那角声吹落了旄头，有如“角声一动胡天晓”，将唐军的角声写得具有回转天象的气势。

羽书昨夜过渠黎，单于已在金山西

此二句承上而来，气氛酝酿已足，然后倒插一笔，交待出局势紧张的原因在于胡兵来侵。“羽书”，紧急的军事文书，插羽毛作为标志，后世的鸡毛信即属此类；“渠黎”，城名，旧址在今新疆吉木萨尔与米泉县之间。“单于”本是匈奴对其最高首领的称呼，此处借指西域少数民族的首领；“金山”，又称金岭、金娑岭、金娑山等，在庭州东南，即今新疆乌鲁木齐市以东的博格多山，为天山诸峰之一。军营连夜递送羽书，告知胡人大兵压境，战争的气氛更加迫近了。

戍楼西望烟尘黑，汉兵屯在轮台北

看了羽书之后，唐军将帅站在戍楼上向金山西望，凭目力已经能够望见那边敌军入侵的烟尘。“烟尘黑”，强调敌军来势之凶猛。而唐军则早已做好了战斗准备，“汉兵屯在轮台北”与“单于已在金山西”，句式相同，两个“在”字，写出两军对垒之势。只写色而不写声，只写静而不写动，表现出激战前那种令人窒息的静默。敌对双方如此逼近，局势如此紧张，大有一触即发之势。

上将拥旄西出征，平明吹笛大军行

这里极力展示唐军乃堂堂正正之师，表现出必胜的信心。“上将”指封常清；“旄”，旄节，唐朝廷以之赐予节度使，使其节制一方军事。“上将拥旄”这个动作暗示了封常清的权力与责任，是要保卫大西北。“平明吹笛”这个画面则显示了大军出师时的从容镇定，与前面渲染的紧张敌情形成对比，一张一弛，气势益显。

四边伐鼓雪海涌，三军大呼阴山动

“伐鼓”，击鼓；“雪海”，可能指天山以北的沙陀碛，即今古尔班通古特沙漠，其地冬季寒冷多雪，一片雪白，故名雪海；也可能泛指轮台附近准噶尔盆地的浩瀚雪原。如果说吹笛表现了唐军从容的一面，那么伐鼓则表现了其威武的一面。唐军军容整齐，气势壮阔，鼓声震动天地，甚至使冰冻的雪海也为之翻涌。“三军”，左中右三军，泛指军队；“阴山”，这里指新疆境内的天山。阴山向来就是胡汉必争之地，所谓“不教胡马度阴山”。如今三军一吼，巍巍阴山亦被撼动。唐军的声威甚至震慑了粗犷的大自然，表现出一种所向无敌的气概。撼山如此之易，打败敌兵更是不在话下。

虏塞兵气连云屯，战场白骨缠草根

“虏塞”，敌方要塞；“兵气”，杀气。这里极言对方军队集结之多，杀气腾腾，弥漫天际，可见敌军亦不可小觑。“战场白骨缠草根”，谓昔日战场白骨无人收埋，露弃荒草之中。曹操曾写下“白骨露于野”的句子，用以形容战争的残酷。而此处的白骨已经和草根缠在一起，暗示死亡的无情。这两句借战场气氛之惨烈，暗示战斗必有重大伤亡。

剑河风急雪片阔，沙口石冻马蹄脱

这是一个对偶句，“剑河”、“沙口”互文见义。“剑河”与“沙口”这两个地名所指未详，但名字本身亦似带杀气。“雪片”，有的版本作“云片”。气候严寒，风急雪阔，正是边地特征。石头本来就是硬的，受冻则更硬，竟能使马蹄脱落，战争之艰苦就可想而知了。作者如此描写战场的严寒与危苦，用来衬托唐军将士勇敢无畏、奋不顾身的战斗精神。天寒地冻何所惧，大敌当前何所惧!

亚相勤王甘苦辛，誓将报主静边尘

这两句赞扬封常清誓平边患，报效君王，甘愿受辛苦。封常清于天宝十三载以节度使摄御史大夫，御史大夫在汉时为三公之一，地位仅次于宰相，因此美称为“亚相”。“勤王”，为王事效劳。从前面描写的行军场面来看，“勤王”确实够辛苦，因而以“甘苦辛”表现封常清为唐王朝的事业而任劳任怨的品格。唐王朝对封常清委以重任，使之“拥旄西出征”，这是一种信任和知遇之恩，所以他“誓将报主静边尘”，消除边患，使战争的烟尘平静下来。前面是“烟尘黑”，此处是“静边尘”，两处形成照应。

古来青史谁不见，今见功名胜古人

古来载入史册的英雄人物谁没看见过？而封常清的功绩必将胜过古人。“青史”，古以竹简纪事，故称史册为青史。史册上千载留名的英雄们早已成了历史的陈迹，“今见功名胜古人”，今人封大夫的功业必将同样永垂青史。这样的赞美一方面是出于赠别诗的客套，同时也是国运隆盛时充满自信的民族精神的表现。

评 解

岑参边塞诗的基本风格是悲壮雄奇，本诗作为岑参诗集中直接描写战争的代表作，集中地体现了这一特点。

全诗可以分为三层。开篇六句即以突兀之势写深夜角鸣、旄星降落、羽书急驰、敌兵压境等一系列连续情景，形象地展示了轮台边塞两军对峙、一触即发的战争局势，渲染出轮台城濒临激战的紧张气氛。接下来描写唐军将士浩浩荡荡、大军西起的气势：战鼓声震、雪海翻涌、杀声动地、阴山摇撼，用浪漫主义的手法，极为形象地反映唐军的雄猛气概，表现其无敌气势，预示其必胜结局。又用胡阵云屯、杀气腾腾来反衬唐军的强悍骁勇、锐不可挡，用风急雪阔，白骨缠草等惨烈画面来烘托唐军将士艰苦作战的精神。末四句点送行之题，并以立功奏凯的期望作结，总束全篇。全诗层次清晰，有张有弛，转换自然，意境壮阔，充满浪漫主义激情和边塞生活的气息，成功地表现了三军将士建功报国的英勇气概。“其所表现的人物事实都是最伟大、最雄壮、最愉快的，好像一百二十面鼓，七十面金钲合奏的鼓吹曲一样，十分震动人的耳鼓。和那丝竹一般细碎而悲哀的诗人正相反对”（近人徐嘉瑞《岑参》）。

这首诗的用韵也很有特色，前十四句都是两句一转韵，韵脚平仄互间，音节较为急促，既配合了场面的转换，也体现了紧张的战争气氛。最后四句则一韵平声，流转而下，从容结束，有轻松愉快之感，与祝捷的用意正相协调。

走马川行奉送出师西征

君不见走马川，雪海边，
平沙莽莽黄入天。
轮台九月风夜吼，
一川碎石大如斗，
随风满地石乱走。
匈奴草黄马正肥，
金山西见烟尘飞，
汉家大将西出师。
将军金甲夜不脱，
半夜军行戈相拨，
风头如刀面如割。
马毛带雪汗气蒸，
五花连钱旋作冰，
幕中草檄砚水凝。
虏骑闻之应胆慑，
料知短兵不敢接，
车师西门伫献捷。

走马川行奉送出师西征 诗意图　许甫金 绘

题解

这首诗与前面一首《轮台歌送封大夫出师西征》同咏一事，也是送封常清的，清沈德潜《唐诗别裁集》中把这首诗题为《奉送封大夫出师西征》。“走马川”不见于地理书，当指轮台以西的白杨河，即今新疆玛纳斯河（参见今人柴剑虹《岑参边塞诗地名考辨》）。“川”的本义是河流。沿着河流两岸的平原，称为“川原”，也简称为川。这首诗是岑参的代表作之一，历来传诵不衰。诗中描写唐军在走马川中顶风冒雪行军的紧张场面，通过恶劣的自然环境反衬全军上下高昂的气势和不畏艰险的战斗意志，写得有声有色。

【句 解】

君不见走马川，雪海边，平沙莽莽黄入天

这三句写白日行军的景象。首先点明行军路线：从走马川到雪海边。雪海即上一首诗中“四边伐鼓雪海涌”的雪海。“平沙”说明没有风，所以视线比较远，可以看到茫茫无际的黄沙向远处延伸，与天际相接。“莽莽”，茫无边际的样子。“君不见”三字领起，暗含对如此荒凉的行军环境的特别关注。三、三、七的节奏，读来极为顺畅。

轮台九月风夜吼，一川碎石大如斗，随风满地石乱走

行军进入黑夜，轮台九月狂风极为骇人。“吼”字从听觉的角度落笔，形象地显示了风之猛烈，如发狂的野兽在咆哮。接着从视觉的角度写狂风的力度，风本是无形的，一般诗中写到风，多形诸草木、衣带，但在这里，风居然可以通过石头来表现：走马川的碎石巨大如斗，竟也被风刮得满地乱跑。“走”字的本义为跑，可见这风真的是“飞沙走石”了。这三句诗把行军环境的险恶渲染得非常真切，足见征程艰苦。

匈奴草黄马正肥，金山西见烟尘飞，汉家大将西出师

这三句正面写战争的情势。“匈奴”，这里指西域一带的少数民族部落。他们养精蓄锐，利用草黄马肥的时机发动了进攻。可以看到，在金山的西面，报警的烽烟同匈奴铁骑卷起的尘土一起飞扬。前一首《轮台歌送封大夫出师西征》中的“单于已在金山西”、“戍楼西望烟尘黑”正可为此句作注。这两句既表现匈奴军旅的逼人气焰，也说明唐军早有戒备。为了保卫边疆，抗击侵略，“汉家大将”出师西征。“汉家”，代指唐朝，唐朝人在诗歌里多以汉朝时间和名词写本朝事，如岑参的诗中多称天山为阴山，称突厥部落为匈奴。这是因为盛唐的国势，唯汉代可以比拟。

将军金甲夜不脱，半夜军行戈相拨，风头如刀面如割

接下来描绘唐军雪夜出征、一路不畏苦寒的情景。唐军从上到下，同仇敌忾，将军重任在肩，夜里不脱铁甲，随时准备迎接战斗。士兵们如何呢？从“戈相拨”的声音可以想见在这漆黑一片的夜晚，大军衔枚疾走的情景：没有人说话，只有戈与戈相互碰撞的声音。“风头如刀面如割”则写出了边地寒风的真切感受，风刮在脸上像刀割一样。西域的风确实会带给人被刀“割”的感觉。

马毛带雪汗气蒸，五花连钱旋作冰，幕中草檄砚水凝

接着写天气的寒冷和行军的急速。“五花”、“连钱”均为宝名马，俗称五花马和连钱骢，在这里用来形容马身上的斑纹。雪落在马毛上，那蒸腾的汗水使雪片才化成水，又立刻凝结成冰。“旋”，立即，即刻。天气确实是太寒冷了，在幕中起草声讨敌人的檄文时，发现连砚水也冻结了。而战马在如此寒冷的天气中却跑得一身汗气，军队在如此急行军的时候还要忙着起草战书，可见军情何等紧急，迎战氛围何等火热。这三句以冷写热，反衬的手法使用得非常高明。

虏骑闻之应胆慑，料知短兵不敢接，车师西门伫献捷

最后三句颂扬封常清。胡人以骑兵为主，所以称为“虏骑”。他们听到唐军的声势，一定胆战心惊，不敢和我军短兵相接，肯定会投降的。那时我们在车师西门迎接您带着战利品凯旋，献上捷报。“车师”，即北庭都护府的治所庭州，在今乌鲁木齐市东北。封常清此次是“西征”，凯旋的时候也必然是先到“西门”。“伫”，等待。

评解

这首诗气势豪放，有张有弛，像一支激越豪壮的进行曲。诗人首先通过渲染恶劣的自然环境，有力地衬托唐军将士坚强豪迈、斗志昂扬的英雄气概。黄沙连天、飞沙走石、风刀割面、马汗成冰等细节，都写得有声有色。接下来又以草肥马壮、来势逼人的胡兵所制造的“烟尘”，来衬托“汉家大

将西出师”所向披靡的声威。诗里虽然没有直接描写战斗，但是这些描写烘托却已饱满有力地显出唐军必胜之势。结尾预祝胜利的话也就显得水到渠成，自然而然。

清人王士禛在比较高适、岑参二人的诗风时说：“高悲壮而厚，岑奇逸而峭。”（《师友诗传叙录》）岑参这首诗鲜明地表现了他的奇峭风格。这一方面源于边地生活之奇，一方面出于诗人好奇的禀性。岑参运笔时有刻意求奇的倾向，但求奇而不失真。大如斗的碎石被狂风吹得满地乱滚，被蒸腾的马汗融化了的雪水又立刻冻成冰，这样的细节自然有夸张的成分，但因为作者有亲身经历与实地感受，能够把大胆的夸张与细节的真实结合在一起，所以愈发显得生动传神。

本诗一反传统上逢双押韵的惯例，以三句为一个用韵单位，且句句用韵，紧锣密鼓，激越豪壮。转韵时内容跟着发生变化，与迅速变化的军事情势配合得很好。这种音律上的调度安排，是岑参对歌行体的创造性贡献。

热海行送崔侍御还京

侧闻阴山胡儿语，西头热海水如煮。
海上众鸟不敢飞，中有鲤鱼长且肥。
岸旁青草常不歇，空中白雪遥旋灭。
蒸沙烁石燃虏云，沸浪炎波煎汉月。
阴火潜烧天地炉，何事偏烘西一隅？
势吞月窟侵太白，气连赤坂通单于。
送君一醉天山郭，正见夕阳海边落。
柏台霜威寒逼人，热海炎气为之薄。

题解

这首诗写于作者在北庭都护府幕中时，系送京官崔侍御还长安所作。崔侍御，未详其人；唐时御史台设殿中侍御史、监察御史各若干，统称侍御。“热海”，即今吉尔吉斯斯坦境内的伊塞克湖，又名大清池、咸海，唐天宝年间属北庭都护府辖境。岑参虽然没有到过那里，但根据传闻和自己长期的边地生活的经验，把它写得有声有色，神奇无比，以热海奇景来为友人壮行。

热海行送崔侍御还京 诗意图　汪国新 绘

【句 解】

侧闻阴山胡儿语，西头热海水如煮

开篇点题，谓从阴山胡人那里听说了热海的存在。“阴山”在这里指唐朝北庭都护府境内的天山。不是听汉人说的，而是听胡儿说的，为下文离奇的想像找了一个借口。妙的是“侧闻”一词，意思是从旁边听到，在古文中常有不敢直接听到之意，用在这里，有趣地显示了热海之炎势逼人。“西头热海水如煮”，把热海形容得好似一锅滚翻的开水，显然有所夸张。但非如此不足以耸人听闻，引起读者的兴趣；这种写法，展现了诗人好奇的特色。

海上众鸟不敢飞，中有鲤鱼长且肥

接着写热海的炎热与神奇。热海上空水气蒸腾，所以连众鸟都不敢从上面飞过，诗人写火山也曾用过同样的笔法：“鸟飞千里不敢来。”让人难以置信的是，这样的热水中，居然“中有鲤鱼长且肥”。鸟不敢飞，难道鱼就不怕热吗？因为这都是“阴山胡儿语”，所以诗人乐得夸张点染，越是匪夷所思，越能引发读者的好奇心与想像力。

岸旁青草常不歇，空中白雪遥旋灭

这两句转写热海冬季的情景，可以看出作者构思的周到。西北边塞的冬天本来以黄沙的色调为主，如诗人在《轮台即事》中所说“三月无青草，千家尽白榆”。而在热海沿岸，青草常年生长，到了冬天也不枯黄，“歇”在这里是凋枯之意；空中飘飞的雪花，在很高的地方遇到海上蒸腾的热气，旋即化为乌有。上有云天白雪，下有绿叶青枝，中间夹着热气腾腾的热海，风光可谓奇异。

蒸沙烁石燃虏云，沸浪炎波煎汉月

这两句继续极写热海之炎热。如果说热海的温度可以煮饭倒也罢了，但诗人觉得如此形容尚不过瘾，索性让热海把沙石云月都一锅煮了。佛家经常以煮沙成饭来形容不可能之事，如《楞严经》：“如蒸砂石，欲其成饭。经百千劫只名热砂。”而诗人此处却偏要煮上一番：只见沙石熔销，云彩燃烧，月亮也好像是在滚沸的水中煎煮。这哪里是热海，简直就是一个硕大无比的起火的油锅。两句十四字中，用了蒸、烁、燃、沸、炎、煎六个动词，充分显示出诗人炼字之工和大胆而奇异的想像。“烁”，通“铄”，销镕。边地胡汉杂处，“虏云”、“汉月”互文见义。

阴火潜烧天地炉，何事偏烘西一隅

热海的温度显然是来自“地热”，既然诗人已经把热海比成了一口大锅，产生“地热”的天地当然就是一个大火炉了。汉代贾谊在《鵩鸟赋》中说：“且夫天地为炉兮，造化为工；阴阳为炭兮，万物为铜。”贾谊的原意只是以冶铜为喻，说明天地生成万物，并没有强调“天地炉”的温度。而在本诗中作者则突发奇想：阴火在地下燃烧，为什么偏偏把这西边一角烧得这么热？疑惑的语气更强化了热海不同寻常的色彩。“阴火”，天地如一座火炉冶铸、生成万物，下面有看不见的火在燃烧，故称阴火。

势吞月窟侵太白，气连赤坂通单于

这两句从纵横两个方向渲染热海极高极远的“势力范围”：只见它热气蒸腾，向上吞食月窟，侵及太白金星；横向则越过赤坂，一直通往更远的单于都护府。“月窟”，月亮所出之地，古人认为月宿于西方，故以月窟喻极西之地；“太白”，即金星，古以太白为西方之星，故太白也代指西方。“赤坂”，即赤土坂，今称帕米尔高原，据《汉书·西域传》：“又历大头痛、小头痛之山，赤土、身热之阪，令人身热无色，头痛呕吐，驴畜尽然。”“单于”，泛指古匈奴所据西域边地；也可能指唐高宗时所设单于都护府，辖境在今内蒙古阴山、河套一带，开元九年（721）划归朔方节度使领辖。“赤坂”、“单于”在这里都指极远的地方。

送君一醉天山郭，正见夕阳海边落

诗人把热海的神奇渲染到无可复加的地步之后，才开始交代吟诗的环境和原由。黄昏之时，在天山脚下的城郭为崔侍御饯行，正看见夕阳西下，将于热海西边沉没。诗人触景生情，遂引发一番对热海的赞叹。如果不是“正见”，则前面的描写就没有来由和着落了。“天山郭”，天山城，疑指轮台或天山县（在今新疆托克逊）；或即交河城，以其在天山南麓，故名。

柏台霜威寒逼人，热海炎气为之薄

最后，诗人用风趣的语言作了临别赠言：您御史执法清峻，威严逼人，有若风霜，会使热海的炎气也为之减弱。“柏台”，即御史台，汉代御史府多种柏树，故名；“霜威”，形容御史的威严，因为御史负责纠弹不法，所以给人以寒霜般的凛然之感，《通典》卷二十四：“故御史为风霜之任，弹纠不法，百僚震恐，官之雄俊，莫之比焉。”可见御史之官确实是寒气逼人的。妙的是作者能把热海之热和柏台之寒结合起来，巧妙地赞美了崔侍御为官清正。唐人殷璠评价岑参的诗是“语奇体峻，意亦造奇”（《河岳英灵集》），这首诗的立意和构思正可以印证这一点。

评解

岑参的边塞诗，往往把送别主题和对西北边疆的风光描写结合在一起。《白雪歌送武判官归京》中的大雪，与送别主题是紧密相关的。但这一首《热海行送崔侍御还京》则不同，热海作为诗人歌咏的对象，与送别主题的唯一联系就是“送君一醉天山郭，正见夕阳海边落”。所谓“热海行”，纯粹是借题发挥，所以本篇实质上是借送别之机表达对异域奇特风光的独特感受。

边疆的生活确实是丰富多彩的，为岑参提供了大好的诗料。冬日的奇寒可以入诗，夏日的奇热也值得诗人大书特书一番。此诗开篇以“侧闻”领起，可见并非亲眼目睹，这更便于他自由地驰骋想像。中间部分以夸张的手法写热海无与伦比的奇热，令人如临其境，似乎比亲眼所见还要真实可感。比如热海之水如汤煮，居然“中有鲤鱼长且肥”；热浪可以蒸烂沙石，而岸边的青草却四季常青；热浪所及，上至月窟太白，远至赤坂匈奴，这些都让人感到不可思议。最让人叹服的还是诗人立意与构思的巧妙。结尾四句，他通过夕阳西落的情景，把热海行与送别主题巧妙地联系起来。“柏台”的寒冷肃杀之气可以逼退层层热浪，诗人藉此表达了对崔侍御公正廉明形象的颂扬。语言风趣，又十分得体，让人联想起《戏问花门酒家翁》里的幽默。

送崔子还京

匹马西从天外归，
扬鞭只共鸟争飞。
送君九月交河北，
雪里题诗泪满衣。

题解

这首诗也是居北庭期间所作。崔子其人不详，不知是否即《热海行送崔侍御还京》中的崔侍御；然而这首诗的情境与上一首相比迥然不同，即便是送同一人，也不是同时所作。本诗以对比的手法，描写了崔子还京的喜悦和自己独留塞外的思乡之感，寓情于景，清丽感人。

送崔子还京 诗意图　汪国新 绘

【句 解】

匹马西从天外归，扬鞭只共鸟争飞

前两句写崔子还京时的欣喜轻快之情，遥想他人在长安所见诗人归去的情形。一匹马从西面飞奔而至，好似从天外归来。言“天外”者，一方面形容西域距长安路途遥远，另一方面也表现了崔子似乎从天而降的风采，陡增一股“神气”，同时还照应着第二句“扬鞭只共鸟争飞”。扬鞭时双臂的起落富有节奏感，仿佛要与鸟争飞，动作如此飘逸，心情之愉快自不必说。

送君九月交河北，雪里题诗泪满衣

后两句转写诗人自己，因送崔子还京而思念家乡。“送君九月交河北”，补写送别的时间和地点。作者有诗云“胡天八月即飞雪”，九月下雪自然更不稀奇。奇的是“雪里题诗泪满衣”的意境，雪是冷的，泪也是冷的，白雪中清泪洒满衣衫，其情何其清苦！“交河”，城名，在今新疆吐鲁番市以西，因为两条河水绕城在城南交汇，故名交河；唐在此设交河县，一度曾为安西都护府的驻节之地。

评 解

岑参第二次出塞心情比较愉快，创作了许多格调高昂的边塞诗，这在一定程度上冲淡了他的故园之思。不过乡愁仍是这一时期诗人作品中的一个重要主题，比如天宝十四载（755）六月作的《登北庭北楼呈幕中诸公》里就感叹：“旧国渺天末，归心日悠哉。”尤其是送别朋友还京的时候，更难免伤神落泪。

古代交通、通讯不发达，别离是人生中一件大事，因而送别诗、留别诗也特别多。然而“别虽一绪，事乃万族”（江淹《别赋》），从故乡送朋友外出是一种别，在异乡送朋友回乡又是一种别。在后一种情境下，送行者往往更加伤情。此诗所写，就是后一种情形。

按理说，送别诗本该是从分别之地起笔方是正宗，由此及彼以见别离之意。作者却偏偏从长安的视角写起，视野中一匹骏马自西而东，似从天外飞来，题虽为“送”，此刻反倒有了“迎”的意味，说明作者的心比崔子更早地回到了故园。崔子如此快乐，朋友没有理由不为他感到高兴，那么后面的眼泪从何而来呢？这泪水并不是伤别之泪，而是因自伤长久滞留异域，不禁泪水满衣。最后一句“雪里题诗泪满衣”，形象生动，情景交融，感人至深。

本诗采用了诗家惯用的对照手法，前后彼此的心情形成对照。崔子一路飞驰，诗人自己却“送君九月交河北”，被定在这一时一处，动静相形，亦相映成趣。

行军九日思长安故园

强欲登高去，
无人送酒来。
遥怜故园菊，
应傍战场开。

题解

唐肃宗至德二载（757）春，正值安史之乱，长安被乱兵攻占，肃宗暂驻凤翔。此时岑参从塞外东归，到凤翔肃宗行在所，经杜甫等人推荐，授右补阙。这一年九月九日重阳节，长安还未收复，诗人是在凤翔行营中度过的。他入仕前曾居长安，有别业在杜陵山中，值此乱离之际，尤其思念长安故园，遂写下这首小诗。

行军九日思长安故园 诗意图　许甫金 绘

【句解】

强欲登高去，无人送酒来

古人在九月九日重阳节有佩茱萸、登高、饮菊花酒的习俗。诗人在这一天虽然也勉强地想要去登高，可是战乱中却没有像王弘那样的人来送酒助兴。东晋王弘给陶渊明送酒事，见《南史·隐逸传》：“（潜）尝九月九日无酒，出宅边菊丛中坐久之。逢（王）弘送酒至，即便就酌，醉而后归。”这里反用其意，无人送酒，暗寓题中“行军”的特定环境。这两句衔接自然，用事而如出自作者自家胸臆。无人送酒，按说也不至于如此消沉，诗人不过随便找一个借口罢了，重要的是此时他没有心情庆重阳，就算有酒又如何？

遥怜故园菊，应傍战场开

重九赏菊也是古代风俗，只是作者想到的不是眼前之菊，而是遥远的故乡之菊。“遥”字点出了自己和故园长安相隔之远、思念之切。诗人设想，战火纷飞的长安城，故园的断墙残壁间，那一丛菊花寂寞地开放着。“应傍战场开”，表现了安史之乱和长安被陷的时代特点。史载唐军于本年九月收复长安。而本诗原注说：“时未收长安。”这个时候，作者还不知道故园的情形究竟如何。“应”字是揣想之辞，细腻入微地表现了诗人对于故园乃至长安的一片惦念之情。

评解

品味这首小诗，要抓住重阳节这个情感的触媒。

首句写九日登高，本应该是心情舒畅的，但诗人却说是“强欲”，则情绪之郁闷低落可以想见。第二句暗用重阳节王弘送酒与陶潜共醉的典故，却反用其意，说明在那特定时期的仓卒情境下，无法像前人那样安闲地过一个正常的重阳节。第三句也是在重阳上做文章。重九是赏菊的节日，何处无菊？但诗人偏遥想故园之菊，以寄故园之思。第四句想像故园之菊在战场旁边寂寞地开放，战争使菊花也不能过一个正常的重阳节了。重阳对酒赏菊，本是人生一大乐事，如孟浩然所云：“待到重阳日，还来就菊花。”可是无情的战争却使一切本来可以拥有的诗意生活，变得遥不可及。菊花代表生活的美丽，然而在故园战场边开放的菊花，则显得令人哀怜。花犹如此，而故园的家人、百姓，岂能不令人为之忧心忡忡？诗人的情思突破了单纯的怜花和思乡，它包含着对时局的忧虑、对民生的关怀和对早日平定叛乱的渴望，思想和艺术境界都有一个飞跃。

唐诗中有很多表现重阳佳节的名篇，这首诗虽然短小，却独具高格，风华难掩。此诗运思精巧、言简意深，很值得玩味。

奉和中书贾至舍人早朝大明宫

鸡鸣紫陌曙光寒，
莺啭皇州春色阑。
金阙晓钟开万户，
玉阶仙仗拥千官。
花迎剑珮星初落，
柳拂旌旗露未干。
独有凤凰池上客，
阳春一曲和皆难。

题解

此诗唐肃宗乾元元年（758）春作于长安。至德二载（757）九月，唐军克复长安，十月，肃宗率百官还京。岑参时任右补阙，亦随还长安。同僚中贾至官中书舍人，杜甫官左拾遗，王维官太子中允，四人相为诗友。贾至有《早朝大明宫呈两省僚友》一诗，王维、杜甫和岑参皆有奉和之作。贾至，字幼邻，洛阳人；“大明宫”，唐宫殿名，内有含元、宣政、紫宸三殿，为举行朝会仪式之所，原名永庆宫，唐太宗贞观八年（634）建，次年改称大明宫，故址在今陕西长安县东。岑参的这首和诗紧扣“早朝”二字铺写，艳丽堂皇，雍荣华贵，特具风姿。

奉和中书贾至舍人早朝大明宫 诗意图 王赫赫 绘

【句 解】

鸡鸣紫陌曙光寒，莺啭皇州春色阑

这两句写赴早朝时所见所闻：京城大道上晨鸡鸣叫，曙光尚带有一些寒意；皇城中黄莺的啼声婉转，春色将尽。明末清初金圣叹分析这两句时说："夫千官未入朝时，则只须'鸡鸣'七字，便写'早'字无不已尽。而今又别添'莺啭'七字者，意言风日如此韶丽，谁不诗情满抱？"（《唐才子诗》）据文献记载，皇宫内不得养鸡，而用鸡人报晓，如《汉官仪》云："宫中舆台，并不得畜鸡，夜漏未明三刻鸡鸣，卫士候于朱雀门外，著绛帻为鸡唱。"王维的和诗亦云："绛帻鸡人报晓筹。"早朝之时是否听得到报晓的鸡声，是值得怀疑的；然而此诗重在创立意境，写鸡鸣实为渲染早朝气势，并不一定实指。"紫陌"，古以天帝居处为紫宫，京师为天子所居，上应天象，亦称紫宫，因此称京师街道为紫陌。"啭"，形容鸟的叫声婉转；"皇州"，古称帝都为皇州，这里指长安城；"春色阑"，春色已尽，时序为晚春。

金阙晓钟开万户，玉阶仙仗拥千官

这两句写百官上朝时的盛大场面，颇有帝王气象。"金阙"，宫阙，宫门。"玉阶"，殿前的台阶；"仙仗"，皇帝的仪仗。金殿晓钟敲响，众多的宫门一齐打开；皇宫台阶前，文武百官被天子的仪仗簇拥着。前一句有张开之势，代表帝王权威的影响；后一句有收拢之势，代表帝王权威的集中。

花迎剑珮星初落，柳拂旌旗露未干

花儿迎着宝剑，晨星刚刚落下；柳枝拂着旌旗，露水还没有干。此时早朝已散，晨星方落，露水未干，都仍是暗扣"早朝"二字，散朝之时尚且如此之早，则上朝之早可想而知。诗人罢朝之后，好似春风得意之余看尽长安花，两旁的旌旗甚至给人一种检阅仪仗的感觉。"剑珮"，剑把上的饰物；"花迎剑珮"就是路旁的花枝时不时碰一下佩剑的意思。宋代周邦彦有词曰："长条故惹行客，似牵衣待话，别情无极。"画面相似，情致则不同。

独有凤凰池上客，阳春一曲和皆难

凤凰池上的贾舍人作了一首诗，那阳春白雪似的曲调令人难以答和。"独"字暗承上句，意谓百官散尽、朝无余事之时，贾舍人又给诸人出了一道难题，要求大家唱和其诗。"凤凰池"，指中书省，中书省执掌机要，接近皇帝，在其中任职者容易受皇帝宠信，所以中书省被称为凤凰池；贾至官中书舍人，故称之为“凤凰池上客”。“阳春”，即“阳春白雪”，相传为高雅的古乐曲。

评解

这是一首描写太平盛世春日早朝的七言律诗。唐肃宗返回长安之后，朝廷逐渐从安史之乱中恢复了秩序，从表面上看，天下又回到了盛唐时的繁荣景象，而诗人们也情愿相信大唐风光的依旧。这是本诗创作的时代背景。

首联紧扣“早”字，长安紫陌，雄鸡一唱，新的一天开始了，暗示太平盛世下一种正常的生活秩序。而黄莺巧啭，无疑又给这个春天的早晨增加了无限生机。颔联则照应“朝”字。皇宫的钟声一响，千门万户次第打开，迎接新的一天，这种气魄是相当雄伟的，象征着唐王朝一统天下、万众归心的政治局面。悠扬的钟声也宣告着天下太平。钟声响过，金殿前的白玉台阶上站满了穿戴整齐的文武百官，在皇帝的仪仗队簇拥之下，显得真是人才济济，繁荣昌盛。颈联写退朝时所见，“星初落”暗示朝事已毕，“露未干”则说明时辰尚“早”。花迎剑珮、柳拂旌旗，只是写景，然诗人春风得意的感觉溢于言表。尾联照应“奉和贾至舍人”之意，早朝结束，按理说该安心地各就各位了，没想到又有才情过人的凤凰池上客，作了如阳春一曲般高雅的早朝诗，叫人难以应和。这两句巧妙地赞美了贾至的才华，点明应和的主题，说话非常得体，同时也隐含着粉饰太平的意思。不过真实情形是，此后唐王朝内忧外患不息，这一曲阳春也只能算是唐代台阁体诗的袅袅余音了。

贾至、王维、杜甫的那几首和诗也都存留了下来，争奇竞胜，各有特色，向来评价都很高，认为“四诗皆佳绝”。从诗体发展的角度讲，它们共同代表了七律这种诗体的完全成熟。岑参向来是以歌行体见长的，不过这一首七律写得也相当出色，雍荣典雅，富丽精工。

寄左省杜拾遗

联步趋丹陛，分曹限紫微。

晓随天仗入，暮惹御香归。

白发悲花落，青云羡鸟飞。

圣朝无阙事，自觉谏书稀。

题解

本诗乾元元年（758）作于长安。诗题中的杜拾遗即杜甫，当时与岑参同任朝臣。岑参任右补阙，属中书省，居右署，故称“右省”；杜甫任左拾遗，属门下省，居左署，故称“左省”。“拾遗”和“补阙”都是谏官，岑、杜二人既是同僚，又是诗友。岑参在任职期间由于敢言直谏，受到一些权贵的排挤，不得重用，因此逐渐产生了失望情绪。本篇是他赠给朋友杜甫的诗作，表露心迹，暗抒感慨。杜甫亦有回赠之作，题为《奉答岑补阙见赠》。

寄左省杜拾遗 诗意图　杨立对 绘

【句 解】

联步趋丹陛，分曹限紫微

这两句叙述与杜甫同朝为官的情形：两个人一起趋步登上红色的台阶，隔着宣政殿分曹办公。“联步”，同步，指一同上朝；“丹陛”，宫殿前涂成红色的台阶。“曹”，古时官署分科治事，每个部门称为曹；“限”，隔开。当时岑参在右省，亦称右曹；杜甫在左省，亦称左曹。“紫微”，古代以紫微星垣喻皇帝居处，诗中指上朝时皇帝所居的宣政殿；清沈德潜《唐诗别裁集》卷十云：“岑居右省，杜居左省，紫微省居中，故云限。”岑参与杜甫是多年的老朋友了，这次岑参任右补阙就出于杜甫的推荐。现在，两人每天都同步上朝，感情之深厚、关系之紧密可以想见。但“分曹限紫微”，近在咫尺而不能时时相见倾谈，又不免有些遗憾。

晓随天仗入，暮惹御香归

早晨跟着天子的仪仗入朝，晚上衣服带着宫殿中的御香回家。表面上看，这是很风光的一种生活。“天仗”指皇帝的仪仗，即上一首《奉和中书贾至舍人早朝大明宫》诗所说的“仙仗”。景象依然是“玉阶仙仗拥千官”，不过却似乎只是随班进退的感觉，没有一点个人性情在里面。“惹”意为沾染，“御香”指上朝时殿中所燃之香。衣服上带着御殿之香气回家，好像这就是一天的“收获”了。这两句都暗寓诗人对现实的某种失望情绪。

白发悲花落，青云羡鸟飞

此二句谓年华已老，头生白发，见花落而悲哀；不被重用，所以羡慕在青云中高飞的鸟儿。两句结合起来看，则是老之将至而功业无成，所以苦闷。这一年岑参已经四十四岁，尚未得遂青云之志。杜甫亦有诗云：“沉思欢会处，恐作穷独叟。”（《述怀一首》）可以形容二人此时的心境。

圣朝无阙事，自觉谏书稀

“圣朝”指当朝，“阙事”即缺失、过失。“稀”，少。补阙和拾遗都是谏官，职在讽谏弥补皇帝的缺失。诗人感叹，因为圣明的朝廷没有什么过失，所以自己劝谏的奏章也很稀少。这当然不是事实，彼时国难方定，怎能“无阙事”呢？但作者不受重用，所提出的意见也不为朝廷所重视，这才是他“谏书稀”的真正原因。这两句诗实是反语，暗讽皇帝不肯纳谏。

评解

在唐代，拾遗、补阙作为谏官，品秩虽然不高，但因置身皇帝左右，向称清贵。出于兼济天下的抱负，岑参和杜甫都曾以竭诚进谏为天职，结果却受人排挤，不得重用。本诗即是向同病相怜的老朋友倾吐自己的苦衷。

这首五律，首、颔两联表面上看是在铺写朝官的荣华显贵，但诗人暗示，程序化的进退仪式之外，并没有任何激动人心的东西。他们每天早晨煞有介事地趋上丹陛，随威严的仪仗入朝，分列东西；到了晚上，唯一的收获就是沾染一点御香而归。可以想见，这种生活对于有着建功立业伟大理想的诗人来说，是相当无聊的。如果比较一下岑参在大西北所过的丰富多彩的军旅生活，简直不可同日而语。颈联直抒胸臆，向老朋友吐露内心的悲愤：大好的年华就销磨在这种无所作为的日子里，因此低头见落花而倍感神伤，抬头睹高鸟而顿生羡慕，自惜自怜之情溢于言表。尾联以颂圣作结，实际上是反话正说。联系当时安史乱后国家疮痍满目、百废待兴的时代背景，圣朝怎么会“无阙事”？“自觉谏书稀”，实际上是以婉曲的反语来抒发内心的失望与忧愤，绵里藏针，寓贬于褒，有余味不尽之妙。清沈德潜《唐诗别裁集》云：“下章自伤迟暮无可建白也。感叹语以圆护出之，方是诗人之旨。”沈德潜从温柔敦厚的“格调说”着眼，自然会欣赏岑参的这种蕴藉风格。但想想这种低回的“含蓄”风格，居然出自岑参这位曾经那样昂扬率真的诗人笔下，其情可悯。

同为谏官的杜甫也曾感慨“衮职曾无一字补”（《题省中壁》），他读了岑诗以后，心领神会，在回赠诗中说：“故人得佳句，独赠白头翁。”（《奉答岑参补阙见赠》）。

虢州后亭送李判官使赴晋绛

西原驿路挂城头，
客散红亭雨未收。
君去试看汾水上，
白云犹似汉时秋。

题解

此诗作于唐肃宗乾元二载（759）至上元二年（761）之间，岑参时任虢州（今河南灵宝）长史。诗题为送行，意不独在送行，曲折地寄寓了对国家衰微的深沉概叹和对开元盛世的怀念。李判官，不详其人；晋绛，指晋州、绛州，治所分别在今山西临汾、新绛，都临近汾河。

虢州后亭送李判官使赴晋绛 诗意图　王兴华 绘

【句 解】

西原驿路挂城头，客散红亭雨未收

起笔先写临别时所见地理形势。“西原”，地名，在今河南灵宝县西南。当时的虢州城向西地势高峻，西原上的大道高出城头，所以说是“西原驿路挂城头”。之所以要写驿路，是因为过一会李判官就要从这里出发，前往晋、绛二州。第二句则直写雨中送客的场景。红亭里的送行酒宴已经散了，而外面的雨还一直在下。“红亭”，这里即指虢州后亭，“红”是指其颜色而言，“红亭”并非专名。红亭观雨，本身就是很美的情境，于亭中远望西原驿路，惜别之情不觉流露出来。此二句寓叙事于写景之中，达到了情景交融的艺术效果。

君去试看汾水上，白云犹似汉时秋

李判官所要去的晋、绛二州，是汾水所流经的地方。诗人由此想到了汉武帝泛舟汾河的故事。据《汉武故事》：“元鼎四年（前113），上行幸河东，祠后土，顾视帝京，欣然，中流与群臣饮燕。上欢甚，乃自作《秋风辞》。”这首《秋风辞》的头两句为“秋风起兮白云飞，草木黄落兮雁南归”，诗中还有“泛楼船兮济汾河”之句。武帝泛舟汾河，是当时国力强大、天下太平的象征。唐朝人爱以强汉比盛唐，汉武帝年间是汉朝的鼎盛时期，盛唐与之相比，有过之而无不及。但经过安史之乱，帝国衰落，豪情已减。但诗人犹未死心，他劝李判官去看一看汾水上的白云，应当与汉武帝当年无异，其言外之意是，大唐风光也应该不减往昔。

评 解

这是一首送别诗，但又不是一般的送客应酬之作。诗人在诗中倾注的思想感情，远比单纯的送别之情要深广得多。要体会其中滋味，首先要了解本诗的写作年代和时代背景。岑参出任虢州长史时，安史之乱还没有完全结束。由于战乱，国土破碎，人民罹难，诗人亲眼见到过的开元盛世的景象已经一去不复返了。但当时唐军收复两京，这使诗人的心头又升起了一线希望，因此借用汉武帝故事，期望唐朝恢复盛时山河。

诗的前两句写送别场景，驿路如挂城头，描绘出山城特有的景色。红亭席散，客行在即，雨仍在下，这就为离别乃至全诗笼上了一层凄暗的色调。酒喝完了，话也说得差不多了，此地诗意已尽，必须移笔别处方能接下去。诗人于是把目光转到李判官此行的目的地晋、绛二州，似乎藉此可以摆脱此时此地的局促与低沉气氛。最后一句“白云犹似汉时秋”，确实意境开阔，悠闲自在。不过联系当时战乱未息的现实，再细味本句的语气，无论如何有点强打精神的意思。作者本人不愿承认这个事实，那就是唐王朝已经无可挽回地衰落了。“君去试看”四字，深可玩味，意谓你别不信，去看一看就知道了。当然，不要说李判官不相信，只怕是诗人本人也知道，自己不过是一厢情愿罢了。因此，本诗实际上成了对大唐盛世一去不返的深沉叹息，这就将对友人的惜别之意，升华为对国运的关切之情，境界和品格自然不同凡响。

客舍悲秋，有怀两省旧游，呈幕中诸公

三度为郎便白头，
一从出守五经秋。
莫言圣主长不用，
其那苍生应未休。
人间岁月如流水，
客舍秋风今又起。
不知心事向谁论，
江上蝉鸣空满耳。

题解

岑参生命的最后阶段是在四川度过的，先是随剑南西川节度使杜鸿渐入蜀平乱，后赴嘉州刺史任。唐代宗大历三年（768）七月秩满卸任，本想北上长安，因蜀乱未能成行，遂羁留成都。本诗作于大历四年（769）秋成都客舍，抒发了叹老嗟卑之情。“两省”指门下省、中书省；“旧游”，即旧日所交游的朋友，故友，当指王维、杜甫等人；“幕中”，当指成都西川节度使幕府。

客舍悲秋，有怀两省旧游，呈幕中诸公 诗意图　王兴华 绘

【句解】

三度为郎便白头，一从出守五经秋

只做了三次郎中人就老了，而自从出守四川以来，又过了五年。这两句感慨岁月如流，人已老去，而功业无成。岑参自广德元年（763）起，曾多次任郎中之职，“三度”是虚指。三度为郎便白头，明显有感慨时间流逝过快的意思，意谓岁月经不起几度销磨。自从永泰元年（765）岑参出任嘉州刺史，至大历四年秋作此诗时，又已历时五年。此句中的“秋”字可以落实了看，因为它照应着诗题中的“秋”字，意谓出守四川，在这里度过了五个秋天。“一从”，自从。

莫言圣主长不用，其那苍生应未休

此句承上而来，诗人如今虽已满头白发，而壮志未酬，不得“圣主”重用。“长不用”隐含着诗人多年的追求与期待，而云“莫言”，掩不住一种倦怠和无奈的语气。“其那”句又表现出一种未能忘怀世事的不甘，圣主不用也就罢了，无奈百姓尚未得到休养安息。“其那”，怎奈；“休”，安宁。表面上看，诗人是将个人的穷达置之度外，唯以苍生的安宁为念。但细味诗意，有一丝怀才不遇的不满与自嘲在其中。天下苍生之安宁与否，一眼便知，为何用一个“应”字？言外之意是，“圣主”大概认为天下已太平，无劳诗人这样多事的人操心参与了。

人间岁月如流水，客舍秋风今又起

世事令人伤怀，不想也罢，诗人把笔触转向眼前之景。不自觉地，他又一次感叹岁月如流，可见时光老去的感觉在他心目中是挥之不去的。人间岁月流逝得太快了，今年的秋风又来了。“又”字用意很深，十几年前诗人曾对友人说：“花门楼前见秋草，岂能贫贱相看老！”但让人倍感无奈的是，如今时令是秋天，他的人生也到了秋天。秋天让人想到叶落归根，而诗人却飘泊异乡，不能回家。其间滋味，一言难尽。“客舍”二字点题，因为在成都客舍，所以才怀念长安两省旧游。

不知心事向谁论，江上蝉鸣空满耳

这种心事能向谁诉说呢？唯闻江上蝉鸣满耳，使人烦厌。“不知心事向谁论”一句耐人寻味，本诗标明是“呈幕中诸公”的，为何又感叹重重心事，无人倾诉？原来作者怀念的是“两省旧游”。想到两省旧游，他在时间上回到了年轻时代，在空间上又回到了长安故园，而这些都是目前可望而不可即的。两省旧游既不在眼前，只好呈给“幕中诸公”，而“幕中诸公”中又有几个人能真正理解此中真意呢？因为没有共同的生活经历和生活感受，也就没有共同语言，他们实际上并不比江上鸣蝉更解人意。

评解

岑参从青年时期开始就树立了建功立业的雄心，希望能获取功名，兼济天下。他是有实际行动的，两次从军边塞就是为了能一展抱负。但从大西北沦落到大西南，大半生过去了，依旧沉沦下僚，对于岑参这样一个有着壮志奇情的诗人来说，这样的结局确实是让他倍感失落的。

他一直得不到“圣主”的重用，虽然系念着天下苍生，却无以施展。岑参写这首诗的时候已经五十五岁，生命留给这位壮士的时间已经不多了，难免发出“人间岁月如流水”、“三度为郎便白头”的感慨。客居他乡，正逢秋风又起，更让他倍感生命之秋的悲凉，于是很自然地想到了两省旧游，想到他们，就想到自己的年轻岁月，想到自己的长安故园，这都是作者的精神家园。怀念的是两省旧游，诗成之后却只能呈给成都幕中诸公，这种听众的“错位”状况，本身就暗示了客居西南的诗人无法亲近朝廷的事实。然而退一步想，诗人回到长安又能如何呢？从这个意义上讲，真是“无物能浇块垒平”，难怪他要感叹“不知心事向谁论”。

写完这首诗后不久，岑参就病死在成都客舍，结束了他丰富多彩然而晚景凄凉的一生。这首诗可以看作是诗人对自己一生的总结。再壮丽的生命也总有结束的时候，但能留下自己的诗篇，让后人“遗编一读想风标”，领略千年之前一位诗人的奇丽豪迈的生活场景，感受他平平常常的悲喜心情，岑参可谓不虚此生。

后记

萌动请人编辑出版一套独特的中国古典诗词赏读书籍的念头已久，没想到与五洲传播出版社的同志谈起，一拍即合。

社会上已出版的古典诗词类图书琳琅满目，这套书如何称其“独特”呢？我们的设想是：

一、每位诗人、词人独立成册。这便于选择最有代表性的诗词名家，集中介绍他们最具代表性的作品；也便于读者体会和研究每位诗词名家的风格和文采。

二、撰写人物简介。每分册前面都有一篇诗人、词人的生平介绍，其内容要比常见的“三言两语”的介绍更翔实、更丰富。不仅叙说诗人、词人的身世际遇，而且对其创作成就、艺术特色也尝试作简明的评说。孟子曰：“颂其诗，读其书，不知其人，可乎？是以论其世也。”说的是欲深入理解一个人的作品，就应该对这个人及其时代有一定了解。由于年代久远，大多诗家词人并非贵胄世家，其历史资料零散缺失，有些问题学术界尚无定论，比如李白的家世和出生地，至今仍是个谜，有多种说法。由此可见，“知人论世”并非易事。对此，我们以严谨的治学态度，尽可能吸纳目前的研究成果。

三、“三段解”方式。对书中的每篇作品，均采用题解、句解、评解的手法进行评析和赏读。古典诗词文辞精粹，含蓄内敛，善于通过各种艺术手法传达味外之旨、韵外之致。以“三段解”的方式对诗词逐题逐句地进行意译和评解，雅俗共赏，对大家深入理解诗词的思想内容和艺术风格、体味其中的文化意蕴，力图给出些许提示。

四、以画配诗词。每首诗词作品，都配以当代画家根据其意境专门绘制的国画，以期诗情画意，相得益彰。其中不乏程十发、顾炳鑫、刘旦宅、华三川、范曾、戴敦邦等名家手笔。部分画作，是画家先前发表过的；绝大多数的作品，则是邀请画家特意为本书系创作的。

有了这样的设想，下一步的关键在于能否请到合适的作者。五洲传播出版社为本书系约请作者的门槛颇高：首先须是中国古典文学研究领域的专家学者，有较深学术造诣；其次是能厚积而薄发，有深入浅出的文字表达能力。应该感谢的是，一批年富力强的学人加入了编写队伍。由于他们的辛勤劳作，才有了我们现在看到的这套《中国古典诗词精品赏读》。

李　冰

于北京